PEPIN

P E P I N

Un Destino Escogido

Pedro Marquez

Para realizar pedidos de este libro, contacte con:
Palibrio
1663 Liberty Drive, Suite 200
Bloomington, IN 47403
Gratis desde EE. UU. al 877.407.5847
Gratis desde México al 01.800.288.2243
Gratis desde España al 900.866.949
Desde otro país al +1.812.671.9757
Fax: 01.812.355.1576
ventas@palibrio.com
476049

ÍNDICE

Dedico esta obra a mi querida esposa, Irma, mi amiga y compañera de toda la vida, como un homenaje a los 50 años de haberla conocido en los viejos salones de nuestra Universidad, San Marcos en Lima Perú.

PREÁMBULO

En esta obra algunos episodios son verídicos pero pertenecen a mi propia experiencia, especialmente durante mi niñez, pubertad y juventud universitaria y mezclo estas vivencias, con una serie de hechos que jamás ocurrieron y son pura ficción. De esta forma nace la vida de un personaje imaginario llamado Pepín, donde se unen las carencias típicas de un niño pobre, que enfrenta el dolor de perder a su padre a edad muy temprana, con una enorme fuerza de voluntad para erigirse en un triunfador. Con gran habilidad y mucho esfuerzo, este joven ingresa a una de las mejores universidades de su país y en su paso por las aulas universitarias, se va trasformado en un idealista, comprometido con un cambio radical de la sociedad en que vive. Con ello, pone los cimientos, para en sus años de madurez alcanzar una talla política de primer orden y gobernar su país, transformándolo completamente.

Pepín hereda de su padre, esa preocupación por los más pobres y tiene la fortuna de encontrar a lo largo de su vida una compañera que se identifica con él y a muchos fieles amigos, que lo acompañan y lo ayudan a materializar sus más caros ideales. Sin embargo, también tropieza con enemigos muy crueles y traicioneros, que le dan a su vida un sabor agridulce, de mucho dolor pero al final de mucho éxito.

En el curso de todos los eventos de esta obra, se recoge de un lado el idealismo de esa juventud latinoamericana de los años cincuenta y sesenta, enturbiada por esa actitud corrupta de la clase política de la época. De este modo salta a la vista la mentalidad, de la juventud de aquel entonces, soñadora, justiciera y comprometida con la suerte de los más desamparados, mentalidad que llevó a muchos de ellos al resentimiento o la rebelión.

Aunque la historia descrita es ficticia, el escenario responde a una realidad de la época que trato de describirla en su forma más patética y con mucho realismo, presentando así el ambiente social y económico de un país típico de América Latina durante esos años. Con ello, el lector podrá concluir si ese escenario ha cambiado en nuestros países o por el contrario, sigue intacto y se ha deteriorado aún más.

Pepín dedicado siempre a mejorar las condiciones paupérrimas de su pueblo, en los años postreros de su vida, duda de todo lo que hizo. Reconoce que los males del hombre son un problema mucho más complejo y van más allá de lo económico, para entrar en el ámbito social y moral. Reconoce también que vivimos en un mundo con enormes avances científicos y tecnológicos, pero tal parece que estamos resolviendo algunos problemas del ser humano y simultáneamente estamos creando otros, mucho más graves. Concluyendo entonces, que avanzaríamos a una vida menos angustiante y a un mundo mejor, en la medida en que paralelo a las mejoras materiales, trabajemos arduamente en la formación de un nuevo hombre, un hombre menos materialista y más espiritual, menos preocupado en sus comodidades y más preocupado por una vida de paz y de convivencia mutua. Consecuentemente la solución a los males del ser humano está más dentro del hombre que fuera de él.

En el ocaso de su vida Pepín recibe un mensaje del más allá, por el cual le es revelada la verdad y esta es tan bella e increíble, que deja al lector la sensación que su vida ha sido realmente una hermosa tragedia.

Al margen de lo anterior, debo advertir que si bien los nombres de los lugares en que se desarrolla esta novela pueden ser verídicos, los nombres de los personajes y sus peripecias no lo son y si alguno aquí mencionado coincide con uno real, es pura casualidad.

Finalmente, quiero agradecer a mis primeros críticos y lectores; mi esposa Irma, mi hermana Libertad Julia y mi hija Irma Cecilia, quienes tuvieron la paciencia y la gentileza de leer los originales de esta novela y enmendar mi castellano, así como darme algunas sugerencias

CAPÍTULO I

LA INVASIÓN

Serian las seis de la tarde cuando de repente alguien gritó los ¡"tombos"!, ¡vienen los "tombos"! (los policías). Efectivamente, un camión de las fuerzas de seguridad se había estacionado entre el colindante "Barrio Obrero" y el extremo sur de la explanada de "Piñonate", una nueva invasión de terrenos por gente pobre. Bajaban del camión una veintena de policías armados con varas, escudos antimotines y granadas de gases lacrimógenos. Muy cerca, habían también alrededor de diez policías a caballo, que alineados frente al vehículo azuzaban a sus equinos. De repente los policías a caballo y a pie empezaron su violenta incursión en "Piñonate", sin previo aviso. El tropel de caballos corría a la vanguardia, levantando una enorme polvareda y aplastando las endebles casuchas de esteras de los invasores, que iban cayendo una tras otra rápidamente entre los cascos de los equinos y el pedregoso suelo. Seguidamente los policías de la guardia de asalto avanzaban a la carrera, protegiéndose con sus escudos, de la lluvia de piedras que ya empezaban a lanzarles los invasores para defenderse, mientras gritaban, ¡"fuera cachacos desgraciados"!, ¡fuera "comechados"!

Las fuerzas del orden no solo trataban de deshacer todas las casuchas, sino también procuraban destruir la poca propiedad de los habitantes e inclusive, prendían fuego a numerosas viviendas, ardiendo por igual esteras, palos, ropa y demás enseres de los ocupantes. En pocos minutos toda la pampa era un campo de batalla, donde apenas se podía ver entre el humo, los gases lacrimógenos y la polvareda que se había levantado. Los policías propinaban macanazos a diestra y siniestra, mientras la gente se defendía con varas extraídas de sus propias chozas o simplemente a pedradas, lanzadas con hondas, verraras, horquetas o simplemente con la mano. El relincho de los caballos, el griterío e insulto de los policías e invasores, mezclado con el llanto de mujeres y criaturas, empezó a recorrer todo este nuevo y precario asentamiento humano. La gente corría sin dirección alguna, perseguida por los policías o simplemente, por el susto y el instinto de protegerse o proteger a sus menores.

Doña Delfina que era una de las madres invasoras, astutamente apenas empezó el ataque policial, se lanzó con "Pepín" y sus dos hijas, "Katiuska" y "Picota", a una hendidura de casi dos metros de profundidad, que había al fondo de su lote donde habían empezado a construir el pozo séptico de la vivienda. Allí se cobijaron durante todo el tiempo que duró el ataque policial. Apretujados, solo escuchaban la mezcla del griterío de la gente y el relincho de los caballos y por ratos, el zapateo de los equinos en los tablones que cubrían la hendidura donde se hallaban. Delfina que abrazaba a sus polluelos entre sollozos y plegarias, rezaba para que ningún caballo se desbarrancara y cayera encima de ellos, acabando con su precaria existencia. Afortunadamente los gruesos tablones, que cubrían el forado, resistieron y al término de todo este laberinto salieron ilesos, aunque empolvados y temblando por el tremendo susto que pasaron.

Esta era la época en que se asentaban las primeras invasiones en la capital, empujadas por las difíciles condiciones económicas de la postguerra, que ya para entonces se sentía como una carga muy pesada para los agricultores y en general, para las provincianos. Corría el año 1945, la Segunda Guerra Mundial había terminado y este, un país pobre, pugnaba por sostener su maltrecha economía. La aguda crisis de la agricultura y la minería, causada en gran parte por la incertidumbre en los mercados mundiales del algodón, el azúcar y el cobre, estaba forzando a un masivo éxodo del interior hacia la capital. Buena parte de los pobladores del agro y en general de las provincias, huían hacia la capital ansiosos de un mejor porvenir. Toda esa gente buscaba nuevos horizontes, trabajo y por supuesto, un lugar donde vivir.

La capital, antigua y señorial ciudad de antaño se había plagado de "callejones", donde se apiñaban miles de inquilinos, entre estos estaba don Napo y su familia. Los "callejones "no eran otra cosa que dos hileras de miniviviendas, una a cada lado con un pasadizo al centro. Cada vivienda tenía usualmente uno o dos cuartos y una cocina sin baño, porque este era común. El baño compuesto generalmente por un inodoro y una ducha lo compartían todas las viviendas del "callejón", cuyo número generalmente era de cuatro a seis.

Aun con estas carencias, los alquileres en estas viviendas eran para muchos un lujo prohibido, por ello la gente más pobre había iniciado la invasión de terrenos eriazos, generalmente del Estado, para allí erigir sus ciudadelas, esta era la ruta transitada por la mayoría de los nuevos residentes capitalinos, venidos de las provincias, particularmente del campo.

En realidad la capital ciudad colorida de antaño, limpia y señorial, que inspiró a más de un bardo criollo, empezaba a desdibujarse en una tugurización creciente, donde los "callejones" plagaban su zona céntrica y los barrios más antiguos, mientras las invasiones empezaban a llenar las colinas de los cerros circundantes. Este era el nuevo paisaje de una ciudad preñada por un alud de provincianos. Evidentemente esta ya sufría de un crecimiento urbano elefantiásico, que la miopía política no entendía y que solo verían décadas después, cuando ya la carencia de servicios de salubridad, transporte y empleo, se agudizaría a niveles insostenibles.

En este escenario caótico, las invasiones de tierras urbanas eran la salida preterida del ingenio popular a las urgencias de vivienda. Para denominar a estas ciudadelas populares se acuñaría el término "Barriadas marginales". Este nombre, más tarde se cambiaría por el de "Asentamientos humanos" o "Pueblos jóvenes", por razones puramente eufemísticas de los gobiernos de turno. Piñonate era una de estas invasiones, el nombre era curioso pero no único, porque menudeaban otros como "Cantagallo", "Piedraliza" o "Comas".

En "Pinonate" la llegada de sus precarios moradores se había producido varias noches anteriores al asalto policial. En una operación casi militar llegaron masivamente los invasores, entre ellos don Napo que era uno de los líderes de la invasión, descargando durante la oscuridad miles de esteras, maderas y sus contadas pertenencias. Escuálido patrimonio generalmente compuesto por un par de colchones, un "primus" o una pequeña cocina a kerosene, dos ollas, alguna vajilla, frazadas y un par de cajas de cartón o la típica "maleta ahorcada", que no era otra cosa que un costalillo amarrado en un extremo, donde se apretaban los pocos atuendos de la familia. Aunque algunos habían traído además sus animales domésticos, perros, gatos, gallinas, patos entre otros. La gente había acarreado como pudo sus pertenencias en camiones, triciclos, carretas e inclusive al hombro, durante toda la noche.

En la madrugada, los nuevos moradores de estas pampas se habían establecido en hileras sobre el enorme manto empedrado de unas cinco hectáreas de terreno, que cobijaría a la nueva barriada "Piñonate". Allí colocaron sus esteras, unas en arco como iglus, otras en forma de cubículos o inclinadas como techos a uno o dos aguas, para protegerse del sol del siguiente día, que pronto empezaría a brillar en el horizonte. Toda la pampa había sido cubierta de estas rudimentarias viviendas, enarbolando en su parte más alta el emblema nacional. Casi a las seis de la mañana se vio emerger de las improvisadas casuchas un concierto de columnas de humo, que en una danza caprichosa se movían al ritmo de la suave brisa, era señal que la gente preparaba sus primeros alimentos. Así los invasores pasarían dos días más, quizás pensando que nadie impediría su osada mudanza. Inclusive ya empezaban a organizarse. En el centro de la enorme explanada, destacaba una vivienda muy amplia para las circunstancias del momento, tenía cuatro habitaciones y estaba armada de esteras y palos de sauce. En su puerta principal ondeaba la bandera nacional y un letrero que decía "Asociación de Pobladores de Piñonate". En este lugar numerosas personas trabajaban laboriosamente en croquis y dibujos, de lo que parecía era la distribución de las calles y lotes de la nueva población, bajo la atenta dirección de su líder don Napo.

Gabriel Napoleón Makiel era el presidente de dicha asociación, más conocido como don Napo, este era un hombre en sus cuarenta años, calvo de mediana estatura, tez blanca y facciones enérgicas. La familia de don Napo la conformaban doña Delfina, una paciente mujer siete años menor, de baja estatura, un tanto cobriza, pero de una gran bondad. La pareja llegó a tener cinco hijos, la primogénita era Katiuska, que en ese entonces tendría ocho años, Pepín era el segundo, el único varón de cinco años, Picota era la tercera, un año menor y después nacerían dos hijas más, Salo y Sole.

Secundaban a don Gabriel en su junta directiva el tesorero, Aniceto Barbadillo llamado don "Barba", no se sabe si por el apellido o por la hirsuta pelambre que lucía. Conformaban también la directiva Brígido Tuesta, la Sra. Domitila, Manuel Cayos, entre otros.

Piñonate a pocos días de su nacimiento se transformó en un enjambre humano, algunos grupos de pobladores prosiguieron la demarcación de lotes, otros empezaron a limpiar sus propiedades comenzando por remover las piedras y arrimarlas a un costado o al fondo de sus terrenos, mientras las mujeres cocinaban o cuidaban a sus menores hijos. En estos días no tardó también en armarse un nutrido comercio, llegando desde camiones cisternas que les vendían agua, hasta vendedores ambulantes ofreciendo verduras y toda clase de mercancias, que el ingenio popular sugería eran necesarios para estos recién llegados. Entretanto, las criaturas jugaban por doquier felices y entusiasmadas, quizás por esa sensación de libertad de sentirse amos de una inmensa pampa, todo lo contrario a sus reducidas viviendas que hasta hace poco habitaron. Acostumbrados por años a vivir en la estrechez de los "callejones", eran felices porque podían expandirse a sus anchas y ni la tierra o los cantos rodados que tapizaban esta planicie, fueron impedimento a estas ansias de libertad.

Estas fueron las primeras vivencias a pocos días del nacimiento de Piñonate, pero ahora todo esto era solo un recuerdo. Desgraciadamente, parecía que Atila y sus hordas habían pasado, porque aquí todo había sido arrasado. El ataque policial fue violento y aunque en realidad apenas si duró media hora, causó grandes destrozos, no quedó ninguna vivienda en pie y gran parte de ellas lo consumió rápidamente el fuego iniciado por la guardia de asalto, junto con los pocos enseres personales de sus ocupantes. Quedó también mucha gente herida y golpeada en especial entre las mujeres, los ancianos y los menores. Los animales domésticos fueron diezmados, patos, gallinas, gatos y perros yacían inertes, virtualmente triturados por la caballería, solo se salvaron algunos perros que por su agilidad lograron ponerse a buen recaudo.

Al final de la escaramuza cuando ya la polvareda se disipaba, se vio como la policía había detenido a don Gabriel y a varios dirigentes, quienes fueron esposados y llevados de inmediato a la prefectura. Las huestes policiales habían cumplido su misión y ahora abandonaban el lugar.

Repentinamente unos gritos de horror rasgaron la quietud de la noche, que ya había caído como un negro manto sobre todo el poblado. ¡Mi hijo!, ¡Dios mío, mi hijo!, ¡han matado a mi hijo!, ¡han matado a mi Manuelito!- repetía una mujer- mientras parecía ahogarse en un llanto desgarrador. Allí estaba la joven madre arrodillada frente a una criatura de quizás tres años, que yacía inerte en el suelo sangrando por boca y oídos. Ella sollozaba inconsolable y por momentos lanzaba al aire sus lamentos de profunda aflicción, preguntándose porqué tenía que ser su hijo, interrogante que se perdía en la oscuridad de la noche sin hallar eco alguno. Presurosos corrieron los vecinos hacia la joven solo para comprobar que ya era muy tarde.

Piñonate tenía su primer mártir, producto del vandálico asalto de la policía, que para desalojar a los invasores había arremetido sin mediar siquiera un previo aviso o advertencia alguna, tomando por sorpresa a todos, que si bien esperaban algún intento de desalojo, no creyeron se haría en forma tan violenta y repentina.

La noticia de la muerte de la criatura corrió como reguero de pólvora. Obviamente llegó hasta la prefectura, en esos momentos al mando de un capitán que, al recibir el informe del destacamento policial encargado del desalojo montó en cólera, porque sabía que este desenlace, que jamás imaginó, podía acarrearle muchos problemas.

- ¡Imbéciles! - espetó el capitán - mientras tenía al frente al sargento y a dos de sus cabos, que habiendo regresado del desalojo fueron a rendir cuenta de los resultados.

- ¡Si no serán brutos! - yo les ordené que sacaran a esa gente, pero jamás que mataran a nadie.

- Pero mi capitán - intentó responder el sargento - eso ha sido un accidente, nosotros...

- ¡Cállese! - Ud. es el primer culpable, no entienden carajo, que la situación política es sumamente delicada en estos momentos. Esta muerte nos va a traer muchos problemas, esperen que se entere el prefecto.

- ¿Donde está el líder? - preguntó luego.

- Lo hemos metido a una celda, mi capitán, es el "rojo" don Napo - respondió el sargento.

- Bueno, ahora lárguense, que tengo que llamar de inmediato al prefecto - ordenó secamente mientras caminaba presuroso a su oficina.

Minutos después el capitán conversaba con el titular de la prefectura, don Hildebrando Pajares, un individuo con fama de perverso, pero muy hábil y con muchas ambiciones políticas.

- ¿Aló?, Sr. prefecto, perdone que lo tenga que llamar a estas horas, pero creo que esto es urgente - dijo el capitán tratando de disculparse - resulta que el desalojo de los invasores de la pampa de Piñonate ha tenido una baja, se trata de una criatura, que ha fallecido a causa de las acciones del pelotón de asalto.

- ¿Qué? - se preguntó el prefecto incrédulo.

- Así es - respondió de inmediato su interlocutor.

- Pero, ¿cómo es posible?, si ustedes no es la primera vez que desalojan a invasores y nunca pasó nada, más allá de algunos heridos.

- Si, lo sé, pero esta vez algo falló.

- ¡Carajo! - rezongó el prefecto - esto me va crear muchos problemas con el ministro. Les dije que tuvieran cuidado. Ud. sabe como está jodida la política ahora.

- ¿Y quién es el líder de la invasión?

- Ese comunista que le llaman don Napo.

- ¡Ah!, ese rojimio, ya me tiene hinchado, ¡como jode! Pero uno de estos días lo voy enterrar en la penitenciaria, porque una cárcel común no es suficiente para él.

- ¿Qué han hecho con él? - inquirió luego.

- Por ahora lo tenemos en una celda aislado, ¿lo "cataneamos"? - preguntó el capitán refiriéndose a golpearlo, como es usual con casi todos los líderes populares que caían presos.

- ¡Como serás bruto! - lo cortó el prefecto - ! ni se te ocurra!, eso nos jodería peor. No podemos hacer eso, menos ahora que nos acusarán de haber matado a esa criatura. ¡Libéralo de inmediato!, a ver si así calmamos un poco las aguas.

- Bien, señor prefecto, eso haré ahora mismo - repitió el capitán despidiéndose luego.

Esa misma noche se liberó al líder invasor. Don Gabriel regresaba así rápidamente a Piñonate, junto con los otros dirigentes para reorganizar a su gente. Lo primero que hizo fue ver al pequeño, que yacía sobre una manta en una especie de cuna improvisada, rodeado de numerosa gente que consolaba a la madre.

Don Napo era consciente que esta tragedia y la total pérdida material de su gente, era un durísimo golpe que a muchos se les haría difícil asimilar. Sabía que si no actuaba rápido, el sueño de esta nueva ciudadela se haría trizas y mañana Piñonate sería solo un recuerdo, una memoria, una frustración más, un fracaso colectivo y él ya nada podría hacer. Gabriel conocía a esta gente, sabía que podían dejarse conducir por los derrotistas que nunca faltan, pero también estaba plenamente seguro que con su ejemplo, con su liderazgo y con su verbo, los podía reunir nuevamente en torno a un solo objetivo: el sueño de la casa propia. El era el aglutinante y él era el guía. Como viejo líder sindical enterado de la coyuntura política del momento, sabía que la muerte de Manuelito por las huestes policiales, era una situación muy comprometedora para el ministro del interior, a cuyo cargo estaba la policía. La protesta contra la brutalidad policial, atraería fácilmente el apoyo de las centrales sindicales y los partidos de oposición, condenando al régimen y apoyando su causa. Además las elecciones presidenciales estaban próximas y la lucha política por el favor popular empezaba a arreciar.

De este modo, la penosa muerte de una criatura les estaba brindando la oportunidad de permanecer allí y esto significaba que Piñonate sería una realidad, echaría raíces muy sólidas y duraderas. Por eso se decidió a seguir adelante.

La gente seguía a don Napo por toda la pampa, mientras daba instrucciones a su junta directiva para que armen rápidamente un promontorio de esteras y desechos sobrantes de las viviendas destruidas. Sobre este paró sus polvorientas botas, empinándose así encima de la muchedumbre, que ya lo rodeaba ansiosa de escuchar su palabra y volver a cobijarse bajo su liderazgo.

- ¡Compañeros! – dijo el líder a viva voz, porque aquí no habían micrófonos ni parlantes, todo había sido saqueado por los custodios del orden - hoy día, cuando la muerte intempestiva cegó la vida de uno de nuestros hijos, renace nuestro querido Piñonate.

- Hoy día será siempre recordado por todos nosotros y por los hijos de nosotros, porque una criatura de apenas tres años nos enseña el camino a seguir, en estos momentos de tragedia y dolor.

- Las fuerzas represivas del gobierno han saqueado nuestras humildes viviendas, han arrasado con todos nuestros bienes para expulsarnos de estas tierras, pero no podrán. Jamás podrán sacarnos de aquí. ¡Aquí venimos, para quedarnos!

- ¡Bravo!, ¡bravo! - coreaba la muchedumbre - ¡aquí venimos para quedarnos!, ¡aquí venimos para quedarnos! - repetían en coro.

- ¡Si compañeros!, estos terrenos son del Estado, de la nación, pero la nación somos todos nosotros, pobres y ricos y el pueblo es la mayoría. Así como los ricos denuncian diariamente, miles de hectáreas de terreno de propiedad pública para sus negocios y son gratificados con el otorgamiento de estos, así nosotros denunciamos este terreno para cobijar a nuestras familias y para guarecer a nuestros hijos.

- ¡Compañeros!, no temamos, que eso es lo que quieren las fuerzas represivas, asustarnos para que abandonemos este lugar, ellos no podrán sacarnos, ni con mil caballos, ¡Piñonate renace hoy y vivirá para siempre!

Así terminó su corta pero emotiva arenga. La gente lo aplaudió a rabiar, todos estaban emocionados por el discurso de don Gabriel, que refrescaba sus ánimos después de la pesadez que sintieron por la muerte de Manuelito. Volvía a invadir sus espíritus y sus corazones un gran entusiasmo y una extraordinaria fuerza de voluntad y sacrificio. Sabían que tendrían que comenzar de nuevo, pero eso no importaba, tampoco importaba que esa noche tuvieran que dormir en pleno descampado, eso no encogería su férrea voluntad. En realidad esa noche casi todos permanecieron despiertos, turnándose para orar por el eterno descanso de Manuelito, el párvulo fallecido, que muy pronto sería sepultado.

Horas después muy de mañana la prensa de oposición al gobierno se hizo presente, tomando fotos de todos los desmanes de la policía, recogiendo la airada protesta de los líderes y de la gente y dando cuenta al otro día, en grandes titulares, de la trágica muerte de Manuelito. Por supuesto, el pronunciamiento de las instituciones laborales hechó más leña al fuego, favoreciendo a los invasores. Los ataques de los partidos de oposición contra el gobierno tampoco se hicieron esperar, solidarizándose con los pobladores de Piñonate, a quienes llamaron "gente humilde que solo buscaban un lugar donde vivir, frente a la incapacidad del gobierno para aliviar el agudo problema habitacional de la capital".

Serían como las once de la mañana cuando ya se iniciaba el entierro de Manuelito. Se había formado una larga caravana de carros en la avenida principal del "Barrio Obrero", colindante a Piñonate. Una muchedumbre de varios cientos de personas del nuevo poblado, acompañaría al párvulo fallecido, hasta su última morada en un cementerio cercano. Se empezó el recorrido cargando el pequeño ataúd, desde su frágil vivienda que ahora se reducía a dos esteras, hasta la hilera de carros, allí donde también esperaría la carroza. Don Napo encabezaba la marcha junto con su directiva en pleno.

En el camino al camposanto se plegarían numerosas comitivas de sindicatos y partidos políticos de oposición y por supuesto, de la "Federación Nacional de Estudiantes Universitarios" (FNEU), la combativa agrupación estudiantil liderada por alumnos de la antigua y politizada "Universidad Mayor de San Francisco"(UNSF). El recorrido duró alrededor de dos horas, hasta que al llegar al "Cementerio Presbítero Maestro", la muchedumbre se había multiplicado varias veces, estimándose en no menos de 15,000 personas, que abarrotaron la amplia entrada y la calle que corre al frente del cementerio.

Allí se había instalado un mar humano, jóvenes, viejos, hombres y mujeres, estudiantes y obreros, con sus banderolas, pancartas y avisos alusivos a la muerte de Manuelito y en contra del régimen. Frente a tal manifestación de apoyo, la policía no tuvo más recurso que brindar la protección y las facilidades necesarias, deteniendo el tránsito en toda el área circundante.

Antes de las oraciones de estilo, los organizadores cedieron la palabra a varios líderes entre ellos, a las entidades laborales y estudiantiles allí presentes, quienes apoyaron decididamente a los pobladores de Piñonate y alabaron la acción de su líder don Napo. Finalmente fue este quien cerró las alocuciones con un vibrante discurso, corto pero muy emotivo, que fue largamente aplaudido por toda la muchedumbre. La intervención del máximo dirigente de Piñonate fue tan exitosa, que muchos comentaron que ese día había nacido allí un nuevo líder de talla nacional.

Sea por la trágica muerte de Manuelito o por las circunstancias del momento político, el hecho fue que todo contribuyó a que la policía no regresara nuevamente a Piñonate y los pobladores pudieron recuperarse, reconstruir sus precarias viviendas y empezar a vivir, aunque simple y humildemente por lo menos, una existencia apacible sin el temor de ser expulsados violentamente otra vez.

Pasaron las semanas y meses y si bien todo parecía muy tranquilo en Piñonate, la muerte del niño había significado un duro revés para el ministro del interior y originó que este a su vez diera una fuerte reprimenda al prefecto. Pero la actitud del partido oficialista fue más allá, vetando a don Hildebrando Pajares en la lista de candidatos para senadores de la república, que ya estaba preparándose. Este veto causó una tremenda rabieta al prefecto quien juró vengarse de don Napo de alguna forma, al fin y al cabo él tenía el poder político y la fuerza policial. En la prefectura todos se enteraron de su rabieta y de su promesa de vengarse algún día de Napoleón, rumor que llegó a oídos de los Makiel y la gente de Piñonate.

Como viejo cazurro, mañoso en las artimañas de la polltlquería criolla, el prefecto pacientemente esperaría el momento oportuno para consumar su venganza, por ahora agazapado meditaba cómo atrapar a su enemigo. Había perdido la primera batalla, porque tuvo que liberar a don Gabriel, pero juró que la próxima sería muy diferente. ¿Qué tramaría? ¿Lograría el prefecto sus malvados propósitos?, solo el tiempo lo dirá.

CAPÍTULO II

LOS AÑOS MOZOS

Habían transcurrido cerca a dos años y ya Piñonate se erguía con numerosas viviendas de adobe o ladrillo a medio construir, pero casi todos los lotes estaban por lo menos cercados. Don Napo por su parte con la ayuda de su hermano el "flaco Vicente", un albañil de gran habilidad, estaba construyendo su vivienda de adobe, con una amplia sala, un comedor, su cocina y tres dormitorios.

La construcción comenzaba desde el borde perimétrico de la fachada, ocupando menos de la mitad de toda la extensión de la propiedad, el resto en la parte posterior era dejado como patio de recreo o para sembrar algunos árboles frutales. En efecto, ya todos en la familia estaban apurados en ver crecer la pequeña parra de uva blanca y el platanal, que después de sembrar habían rodeado con una alambrada, para defenderlas de la excreción urinaria del pequeño "Tarzán", el perrito mascota de la familia, empeñado en marcar su territorio, orinando en cuanta maceta o planta veía a su alcance.

La vida de esta familia era la típica de todo modesto hogar de aquellos años, esto es trabajar y trabajar. Su única propiedad aunque no reconocida legalmente, era el terreno que habían invadido y la vivienda que construían, con los pocos ahorros que podían acumular.

La mayoría de los pobladores de Piñonate eran obreros o trabajadores independientes, esto es, artesanos o comerciantes informales. Don Gabriel era uno de ellos, pero de los que viajaban a provincias. En esos tiempos se les llamaba "mercachifles", que no eran otra cosa que comerciantes ambulatorios, muy apreciados por su clientela porque vendían su mercadería en sitios rurales, algunos de muy difícil acceso. Estos comerciantes aliviaban el problema de comunicaciones que sufría mucha gente del campo, en particular en las serranías. Ellos brindaban así un servicio muy apreciado, porque de esta forma los habitantes de estas zonas apartadas no tenían que bajar a los centros comerciales, sino esperar la llegada de los "mercachifles" a su poblado. En adición, tenían la ventaja que muchas veces estos comerciantes no solo recibían dinero, sino también aceptaban el trueque, entregando su mercadería a cambio de frutas, menestras o animales, que los campesinos les ofrecían. En las serranías este tipo de negociantes eran tan famosos, que los lugareños hasta habían creado un santón llamado "equeco", que era un "mercachifle", cargado de pies a cabeza con un sinnúmero de productos y a quien idolatraban, pidiéndole que atraiga el dinero al hogar.

Don Napo se había dedicado a vender casimires para ternos y sedas para vestidos o blusas. Sus clientes lo conformaban los pequeños agricultores, que todavía podían darse el lujo de confeccionarse un terno de casimir o de gabardina inglesa o sus esposas e hijas, que gustaban de las sedas o percales. El era un experto en estas telas, distinguía con facilidad sin siquiera mirarlas, solo al tacto, entre un casimir ingles y uno de fabricación nacional o entre una seda china y una imitación o seda corriente de material sintético. Su facilidad de palabra lo ayudaba mucho para convencer a la clientela, aunque se valía también de algunas artimañas para vender con mayor facilidad, como la de imitar el dejo de los inmigrantes árabes, porque había la creencia generalizada que los árabes eran los proveedores de las mejores telas en el país. Tal era su convencimiento de esta necesidad que se hacía llamar entre sus clientes, "Napoleón Sabú", supuestamente un ciudadano árabe natural de Persia, que había inmigrado hace muchos años.

Desde que se produjo la toma de los terrenos de Piñonate, para lograr el sustento de su familia don Gabriel salía a vender su mercadería en viajes muy cortos a las provincias cercanas a la capital, por dos a tres días y luego regresaba rápidamente, para velar por la tranquilidad de su barriada. En su mente y en la de casi todos los pobladores de Piñonate, todavía existía el temor de una acción de desalojo por parte de las autoridades policiales.

Aunque los pobladores de esta invasión no fueron nunca más molestados, tampoco se les reconocía como propietarios a pesar de todos los trámites y reclamos que hacían, quedándose por años como ocupantes precarios. Los títulos de propiedad serían otorgados muchos años después.

Durante los continuos viajes de don Napo, la familia se quedaba bajo la dirección y el cuidado de doña Delfina. Esto al principio los atemorizaba, porque con la casa a medio construir, temían la incursión de algún ladronzuelo durante la noche, temores realmente infundados porque en agradecimiento por todas sus acciones, esta familia era bien considerada por todos los vecinos y hasta diríamos protegida.

No obstante al principio, las noches para los Makiel fueron por largo tiempo de mucho temor. Doña Delfina como buena provinciana tenía una fuerte creencia en apariciones de espíritus y en los llamados "entierros" Por esta razón a pesar que la casa tenía tres dormitorios, cuando el jefe de familia estaba de viaje, todos dormían juntos en una sola habitación, porque juraban que durante las noches sentían el caminar de espíritus y apariciones. Doña Delfina contaba, que en más de una oportunidad en que debió levantarse de madrugada, pudo ver claramente una mujer de blanco sentada en su sala. Cada vez que esto ocurría, la sangre parecía congelarse dentro de ella y aterrada y temblando, se zambullía en su cama sin decir nada a sus hijos hasta el día siguiente. Otras veces ella contaba, que inclusive durante el día, cuando estaba sola en más de una ocasión, sintió que repentinamente alguien le ponía la mano en el hombro, pero al voltear intempestivamente no veía nada.

En fin, el temor ya se estaba haciendo colectivo, porque inclusive Katiuska muchas veces despertaba asustada y al preguntarle que le ocurría, confesaba que escuchaba que alguien golpeaba la puerta que daba al patio trasero. Por supuesto, jamás ninguno se atrevió a levantarse y abrirla.

Los vecinos decían que ellos también veían cosas similares y todo era porque sus casas estaban en terrenos que antes fueron una "huaca" o sea, un sitio donde se suponía habían enterrado tesoros mal habidos o a gente víctima de muerte violenta. Gente que había sido asaltada y que sufrió mucho antes de morir.

Para alejar a los espíritus, por sugerencia de las vecinas más experimentadas, acordaron reunirse una noche y después de encender muchas velas en el interior de la casa y en el patio, rezaron un rosario por la paz de esos espíritus, que no podían descansar y a cuyos cuerpos nunca se les dio cristiana sepultura. Esto lo repitieron por tres semanas seguidas, al cabo de las cuales todos confirmaron que ya las noches eran tranquilas y nadie los volvió a molestar.

Este era el ambiente en que crecían Pepín y sus hermanas Katiuska, Picota, Salo y Sole.

Don Napo nunca dio ninguna importancia a estas creencias. El casi siempre estaba ocupado, sea de viaje, en reuniones con la asociación o preparando sus innumerables escritos sobre una montaña de papeles, reclamando los títulos de propiedad, los servicios de saneamiento o cualquier otra petición para su barriada.

Las pocas veces que permanecía en casa no solía retozar con sus hijos, ni aun con Katiuska que era su preferida, sino los dedicaba a otros menesteres. Por ejemplo prefería curar a los animales, cuando llegaba el tiempo del "moquillo", una peste que barría con las aves de corral. Sus técnicas de veterinario improvisado eran simples pero efectivas, administraba a las aves un brebaje de "mejoral" molido, una especie de antalgina. También rescataba de la muerte a los pollos o patos, cuando estos se desplomaban empachados de tanto atragantarse maíz molido o "afrecho", los alimentos que solían comer. En estos casos entraban a tallar sus habilidades de cirujano y sus hijos eran sus asistentes, para ello empezaba cortando el depósito estomacal del ave llamado "buche", vaciando todo la comida no digerida, lavándolo y luego cerrándolo con una costura de puntada muy fina. Santo remedio, a los pocos días los animales ya estaban nuevamente recuperados. Estos eran los pocos días que Pepín y Katiuska gozaban a su padre, a tal punto que una vez quisieron seguir sus enseñanzas y casi descuartizan un pollo moribundo de empacho, sino fuera porque su madre, temiendo un accidente cerró temprano la sala de cirugía.

Don Napo era también el verdugo en la casa, el encargado de sacrificar pollos, patos y cabritos para las fiestas, que de vez en cuando se hacían y a la que asistían familiares y numerosos amigos de Piñonate. Eran las típicas celebraciones, con mucha música, mucha comida y mucho trago, que solían comenzar con valses y polcas criollas, pero siempre terminaban con el pegajoso zapateo de los huaynos serranos. Fiestas que solían empezar a las nueve o diez de la noche y se prolongaban hasta la madrugada del día siguiente.

Por su lado doña Delfina siempre hizo las veces de madre y jefe de familia. Ella matriculó a sus hijos cuando tuvieron que ir a la escuela, los llevó a vacunar cuando fue necesario, cargaba con ellos al hospital cuando alguno se enfermaba e inclusive, les daba algún entretenimiento, llevándolos al cine y a los circos de barrio, que por aquel entonces eran muy populares. Es así como Pepín ingresó a su primera escuela, que la llamaban "colegio las tablitas", donde se impartía la enseñanza de kindergarten y primero de primaria. Seis salones de madera componían toda la escuela que se había acondicionado en un área libre debajo de una rotonda, del colindante "Barrio Obrero".

Si bien Pepín prefería sus juegos infantiles con sus amigos de barriada, el juego con canicas, el trompo, el volar sus cometas favoritas o soslayarse con su fiel perrito "Tarzán", le agradaba también asistir a la escuela. Desde muy niño mostró una gran predisposición para aprender y seguir las reglas y los consejos de los mayores, en especial sus profesores.

Después de un año de kindergarten en el "colegio las tablitas" doña Delfina lo trasladó a la "Escuela Fiscal Filomeno", centro de estudios que lo cobijó por espacio de seis años, hasta el sexto de primaria. Este era un colegio ubicado en el centro del criollismo, el populoso barrio del Rímac, cuna de la Perricholi y de las "tapadas", que en los tiempos virreinales solían deambular su escondida hermosura por el "Paseo de Aguas". Cuna también de celebres guitarristas y cantantes del criollísimo vals, como el célebre bardo Felipe Pinglo, cuya fama hecho raíces por décadas aun después de su muerte en los valses "El Plebeyo", "El Huerto de mi Amada", "El Espejo de mi Vida" y tantos otros.

Pepín, que fue siempre el preferido de doña Delfina, quizás por ser el único hijo varón, era una criatura muy tranquila, tal vez demasiado, al punto que en el "colegio las tablitas" a menudo fue zarandeado por sus compañeros y más de una vez, aporreado por los más agresivos. Sin embargo, ya en su nueva escuela muy pronto entendió que tenía que despabilarse o de lo contrario, lo pasaría muy mal. En efecto, asimiló rápidamente algunas de las costumbres de sus compañeros, afortunadamente sin aprender las artimañas y los malos hábitos de estos. Aprendió a defenderse de aquellos de su mismo tamaño y como él no era precisamente un gran peleador, para protegerse de los más grandes o los más avezados, trabó rápidamente amistad con el pequeño García. Este era un mozalbete de unos 12 años, mulato que en el salón se sentaba precisamente atrás de Pepín. Este jovencito era temido inclusive por los alumnos del sexto año, por su habilidad para pelear. Con García como su amigo, Pepín se sentía plenamente seguro, claro que para ganar su amistad no tuvo que ser su compañero de correrías después de clases o faltar a ellas para irse a vagar, sino se ganó su amistad ayudándolo con las tareas. El lo salvó en innumerables oportunidades, inclusive a la hora de los exámenes, pues siempre se ingeniaba para pasarle subrepticiamente las respuestas.

Por su parte el pequeño García fue también un maestro para Pepín. De él aprendió a "gorrear" los tranvías o sea a viajar en ellos sin tener que pagar. De esta forma cuando no tenía para el pasaje o ya había dispuesto de este, en la compra de algunas golosinas, llegaba al colegio en tranvía, pero no precisamente pagando su pasaje, sino prendido en la parte trasera del vagón, por supuesto a riesgo de caer a las rieles y ser atropellado por el vehículo que venía atrás. Pero ya Pepín como muchos alumnos del colegio "Filomeno", eran maestros en esta forma de viajar; inclusive tomaba el tranvía a la carrera, con una destreza que viéndolo tan pequeño nadie lo hubiera creído.

Para aquel entonces ya habían llegado hasta Piñonate dos líneas de pequeños autobuses (llamados micros) con seis destartaladas unidades, que recorrían sus diferentes calles, llevando a la gente hasta el centro de la ciudad. Pero doña Delfina no gustaba de este servicio y prefería que Pepín camine hasta el barrio Obrero, donde podía abordar las líneas urbanas establecidas hace años y que recorrían todo la ciudad. En ellas los pasajeros viajaban cómodamente sentados y la tripulación, integrada por un cobrador y el chofer, trabajaba correctamente uniformada, además contaban con un inspector que subía al vehículo en cualquier momento, para chequear que todo estaba en orden y los pasajeros tuvieran sus respectivos boletos. Por eso ella se empecinaba en que su hijo use este servicio, debido a que estas eran empresas más limpias y organizadas y contaban con muchas unidades en mejores condiciones. Por supuesto doña Delfina ignoraba las habilidades de Pepín para transportarse gratis en tranvía, aunque él nunca abusó de esto y la mayoría de veces lo hacía en los ómnibus que su madre le indicaba.

De cualquier forma Pepín se movilizaba a diario a su centro escolar "Filomeno", llegando siempre puntual. En estos años la instrucción primaria y secundaria, se impartía cinco días a la semana de lunes a viernes, tarde y mañana desde las 8:00 a.m. hasta las 12:00 y luego se reanudaba a las 2:00 p.m. hasta las 5:00 p.m. Inclusive, los días sábados también había clases de 8:00 a.m. a 12:00.

En aquellos tiempos, los profesores eran una autoridad en el salón de clase y lo primero que se exigía era disciplina. A los alumnos díscolos, simplemente se les castigaba físicamente con la clásica "palmeta", en la mano o en las nalgas o eran sentenciados a caminar en cuclillas por largo rato en el patio del colegio, lo que llamaban "ranear".

Afortunadamente Pepín era un estudiante disciplinado, nunca tuvo necesidad de supervisión, cumplía con sus obligaciones escolares por propia voluntad y sin presión alguna. Fue durante toda su educación primaria un excelente alumno y siempre a fines de año, regresaba a casa con algún diploma, alegrándose con el beso cariñoso de su madre, la única compensación que ella le podía regalar por su esfuerzo. Su padre si bien se sentía satisfecho porque todos sus hijos eran buenos estudiantes, entendía que esta era obligación de ellos y no algo que debía premiarse. El seguía enfrascado en los continuos problemas de su dirigencia y en su vida institucional.

CAPÍTULO III

LA CALUMNIA

Para ese entonces ya habían transcurrido cinco años desde que se levantaran las primeras chozas en la barriada Piñonate, ahora ya habían casas de adobe y material noble. La gente llevaba una vida normal y corriente, trabajando durante cinco a seis días a la semana y efectuando labores de autoconstrucción de sus viviendas los sábados, domingos y fiestas de guardar.

Ya "Piñonate" lucía sus avenidas hasta con nombres, si bien ninguna tenía todavía pavimento era posible el tránsito vehicular, como en efecto ya lo hacían algunas líneas de transporte. Aunque no contaban con alumbrado público ni servicios de agua y desagüe para cada vivienda, ya se habían tendido las tuberías troncales de agua y desagüe en todas las calles. Por ahora disponían de un servicio de agua comunitario o los famosos "pilones", que no eran otra cosa que caños con un lavadero grande instalados en las esquinas cada dos cuadras, para que los vecinos se aprovisionen de agua potable, que tenían que acarrearla desde allí hasta sus hogares.

Todo esto por supuesto era parte de los logros de la pujante y persistente labor de la "Asociación de Pobladores de Piñonate". Logros plausibles de este colectivo humano, pero no una labor espontánea y sin problemas en la asociación, muy por el contrario, implicaba un esfuerzo permanente y tenaz, particularmente de su presidente, quien continuamente tenía que insistir y presionar a la gente para que colabore. Quizás fue este terco empeño de Gabriel, que sembró una serie de enconos y rencillas entre los miembros de su junta directiva. En particular, ya se notaba las múltiples fricciones entre don Gabriel y el tesorero don "Barba". El nunca aceptó la mentalidad desinteresada del líder y siempre pensó, que ellos trabajaban demasiado y sin ninguna compensación, quejándose que mañana más tarde nadie les agradecería y ni siquiera se acordarían de sus esfuerzos.

La asociación en aquellos tiempos, contaba con importantes recursos financieros, fruto no solo de las cotizaciones de los pobladores, sino también de la recaudación en los bailes y sorteos pro-fondos que realizaba la junta directiva. Este dinero era administrado casi sin supervisión por don "Barba" el tesorero, cosa que muchos criticaban, porque si bien se rendía cuentas en las asamblea, como algunos decían "el papel aguanta todo". Hasta el momento nunca se había hecho una auditoría, agravando así el resentimiento de quienes creían en los malos manejos del tesorero.

El momento llegó en que estas desconfianzas se desbordaron en acusaciones formales. Un día en una asamblea pública, de las que regularmente efectuaba la asociación, dos veces al año, ocurrió lo temido. Un participante acusó al tesorero de la asociación, de haber recibido dinero de unos contratistas privados. Inclusive, exhibiendo copias de dos cheques y demandando se investigue a don Barba, a quien supuestamente se le habría pagado con esos cheques varios miles de soles, por favores recibidos al dar a una empresa privada adelantos indebidos, por la construcción del local institucional. Falta grave, porque dichos pagos habrían sido hechos en forma irregular, sin respetar las bases del concurso de precios correspondiente y sin autorización de la junta directiva, como lo mandaban los estatutos de la asociación.

Esta denuncia levantó una enorme confusión, don Napo recibió en aquella asamblea las pruebas y se comprometió a investigar de inmediato la denuncia, hasta las últimas consecuencias. La directiva esa misma noche tomó dos acuerdos, efectuar una auditoría con un profesional independiente y suspender a don "Barba", mientras se efectuaban las investigaciones, pidiéndole haga entrega de las llaves del local, los libros de tesorería, sellos y demas documentos de la institución, que tenía en su poder.

Pero don "Barba" lejos de quedarse tranquilo y someterse a la voluntad mayoritaria, empezó a efectuar oscuras manipulaciones. A pesar que él no tenía ninguna calidad de líder, sabía trabajar muy bien en forma subterránea, era un individuo muy rencoroso y hasta traidor. El no conocía de lealtades, por algo sería que se separó de su esposa después de más de 25 años de casado, para llevar a su casa a una joven 20 años menor. Justo este hombre sentía una gran envidia por don Napo y en eso era secundado por dos directivos que le eran fieles, aunque ellos casi siempre pasaban desapercibidos.

Al día siguiente muy temprano Barbadillo salió de casa, diciendo a su familia que tenía una entrevista muy importante. Ya en el centro de la ciudad entró a una cantina para usar un teléfono de alquiler, hecho común en aquellos años en ausencia de teléfonos públicos.

- ¿Aló? Sr. Hildebrando...... ¿puedo visitarlo hoy día, soy Barbadillo el tesorero de la Asociación de Piñonate?

Hildebrando apenas escuchó Piñonate, dio un salto como presintiendo que llegaba la hora de algo muy esperado por años.

- ¿Es Ud. Aniceto Barbadillo, de Piñonate? - respondió, su interlocutor.

- Si, si Sr. Prefecto, soy yo, es urgente que lo vea - insistió.

- Esta bien venga Ud., pero de inmediato porque hoy estaré muy ocupado.

Ya en la prefectura Barbadillo, quien al parecer, era bastante conocido por el prefecto, contó todo lo sucedido, buscando con su mirada angustiada la ayuda de la autoridad. Este lo escuchó calladamente y cuando terminó, le dijo:

- Muy bien hecho Barbadillo que haya venido de inmediato a contarme esto, no se preocupe yo lo voy ayudar, pero tiene que comprometerse a hacer todo lo que yo digo - afirmó con voz de perdonavidas.

- Si Señor prefecto, haré todo lo que me pida.

- Mire Barbadillo, vamos a tomar de inmediato su declaración - le dijo luego sin perder más tiempo.

- Sí Señor.

Mirándolo fijamente a los ojos le ordenó, Ud. tiene que declarar que Gabriel Napoleón fue el acusado de recibir coimas de los contratistas y que Ud. quería denunciarlo, pero no lo hizo porque él lo había amenazado.

Sorprendido por el pedido, don "Barba" trató de preguntar - pero Señor prefecto, ¿como yo….?…

De inmediato fue interrumpido por este - ¡cállese carajo!, ¡si quiere salvar su pellejo no le queda otro camino o acusa a Napoleón o lo meto a la cárcel!

- Está bien, está bien - afirmó temeroso don "Barba".

- Bueno, necesito que Ud. cambie todo lo ocurrido y acuse directamente a Napoleón. ¡Ah! y necesito también, que me traiga dos testigos que afirmen lo mismo y ustedes tres serán quienes declaren ante el Juez, cuando llegue el día del juicio.

- Pero Señor pretecto, ¿cómo hago?, hay el acta de la asamblea y los cheques que me acusan.

- No se preocupe, hoy mismo en la noche resolvemos ese problema, solo necesito que esté disponible a partir de la una de la madrugada, ¿de acuerdo? Ah y no cuente lo que estamos haciendo a nadie, a nadie ni a su mujer, me entiende, esto es algo absolutamente secreto.

- ¡Claro que si!, ¡claro que si! — respondió mansamente don Barba.

De inmediato Hildebrando ordenó a uno de sus subordinados que redacte un documento, en la que Barbadillo acusaba directamente a don Napo, de ser quien dirigía los malos manejos aprovechándose de su cargo de presidente, recibiendo pagos ilícitos e inclusive, tomando indebidamente dinero de la asociación. Don "Barba" apenas si leyó el documento y presuroso lo firmó, como queriendo pasar rápidamente un trago amargo que o lo ponía a salvo o lo mataba, luego partió.

Esa misma noche siendo más de las dos de la madrugada salió del local de la prefectura un grupo de tres guardias de asalto, eran jóvenes muy bien armados. Tan pronto arribaron a Piñonate de inmediato se dirigieron a casa de Barbadillo, sacándolo y encaminándose al local institucional. Astutamente, usaban un vehículo particular y no transporte policial, además vestían ropa de civil. Ya cerca, avanzaron a pie cubrieron sus rostros con una capucha negra, cargaron unos maletines vacíos, tomaron sus armas y se dirigieron sigilosamente, a paso apurado a la asociación. A esas horas las calles estaban totalmente oscuras, el cielo cubierto de nubes no permitía la iluminación de la luna que el día anterior brillara con todo esplendor. Esto no era problema para ellos, que portaban potentes linternas y caminaban apuntándolas al suelo para no iluminar las viviendas circundantes y despertar la curiosidad de los vecinos. A estas horas todos dormían y solo el trotar de los policías en el empedrado camino rompía el silencio, que ya se había adueñado del pueblo. Llegados a la puerta del local se escucharon algunos ladridos que salían de las viviendas vecinas, pero los policías rápidamente lograron abrirla e introducirse.

- Don "Barba", ¿donde están los archivos? - preguntó en voz baja uno de ellos ya en el interior del recinto institucional.

- Por acá, vengan por acá - dijo Barbadillo y les señaló un archivador.

Uno de los policías de inmediato abrió con gran habilidad el mueble y empezó a buscar.

- Venga don "Barba" - ordenó - Ud. conoce mejor esto, saque de inmediato el acta de la última asamblea y los dos cheques y cerciórese que no quede ninguna copia, ¡ah! y también, saque el libro de tesorería.

Barbadillo con ademanes nerviosos removía los papeles rápidamente y a los pocos minutos jalaba un folder titulado "el caso Barbadillo", allí estaban el acta y los cheques que buscaban, luego fácilmente encontró los otros documentos.

- Ya lo tengo - dijo y entregó todo al hombre que comandaba el grupo.

Pronto todos salieron presurosos y en pocos segundos, estaban alejándose del lugar sin mayor contratiempo.

A la mañana siguiente el prefecto ya en su oficina sonreía satisfecho, tenía en sus manos las pruebas que acusaban a "Barbadillo" y con ello, lo pondría a salvo. Pero lo más importante, ahora tenía a un incondicional, extraído de las propias huestes de Napoleón y con lo cual, podía realmente empezar su tan esperada venganza. Había llegado el momento que tanto soñó y eso lo ponía de buen humor, pero todo este complot tenía que ser ultra secreto, nadie debería enterarse que el estaba moviendo los hilos subterráneamente. Recordaba todavía, como la muerte de Manuelito le costó su candidatura a senador de la república, el sueño de su vida acariciado por muchos años. El culpaba de todo esto a don Gabriel, porque solo este pudo armar tremendo revuelo alrededor de esa muerte, agitando el ambiente político al punto, que los líderes del régimen perdieron mucha confianza en sus habilidades como político y por eso lo vetaron como candidato a senador. Tantas veces había rumiado amargamente estos recuerdos, creándose una terca obsesión de venganza contra el líder de Piñonate.

Como buen componedor de artimañas y sucias maniobras, pensó cuidadosamente en todas las aristas de su venganza no dejando "cabo sin atar". Así tuvo la ocurrencia de llamar de inmediato a las dos comisarías cercanas a Piñonate, cuyos jefes policiales eran sus amigos y socios en más de un negociado turbio que la policía corrupta, solía efectuar. A ellos les ordenó que si llegaba alguien de la asociación a efectuar alguna denuncia sobre robo de documentos en su local institucional, tomen nota de ella pero no lo asienten en los registros de la comisaría, sino lo lleven de inmediato a su oficina. El quería tener el original de esas denuncias para estar seguro que en realidad nunca se materializaron.

En efecto, ingenuamente don Gabriel y su junta directiva, después de notar que en sus archivos no tenían ni el acta ni los cheques, quedaron más que sorprendidos y de inmediato, fueron a levantar la respectiva denuncia policial a una de las más cercanas comisarías, sin imaginarse la suerte que correría este trámite.

La junta directiva ya estaba muy preocupada porque había una acusación formal planteada en la asociación y las pruebas contra el acusado habían desaparecido. ¿Que iban a decir a la gente?, ¿Que iban a hacer con Barbadillo? Lo que era más grave, ¿Cómo podían efectuar una auditoria sin los libros de tesorería?, ¿como salvarían su propia reputación, de no ser acusados mañana más tarde de estar coludidos con Barbadillo en sus malos manejos?

Con todas estas interrogantes en la cabeza discutieron largo rato y posteriormente, decidieron visitar a Barbadillo para comunicarle los hechos, sin imaginar que este cínicamente mostraría una teatral sorpresa ante la noticia.

- No lo puedo creer - aseveró el hirsuto tesorero, cuando le narraron sobre el robo de documentos y luego preguntó - ¿cómo pudieron llevarse el acta y los cheques?

- Pero, ¿acaso rompieron la puerta para entrar al local?

- No, nada de eso - le contestaron sus interlocutores - tal parece que tenían llave de todo, nada ha sido forzado - aseveró doña Domitila.

- No me miren así - intervino Barbadillo - yo les entregué las llaves la misma noche que ustedes me suspendieron y también les di todos los documentos que tenía en mi poder.

- Bueno, la verdad Barbadillo - interrumpió don Napo - creemos que tu tienes algo que ver en todo esto, perdónanos, pero no podemos pensar otra cosa.

- Yo te respeto Gabriel, pero creo que esto ya está llegando a su límite. Primero alguien me levanta una calumnia y ahora Uds. me acusan, sin ninguna prueba, que yo he robado documentos de la asociación.

- ¿Pero que otra cosa podemos pensar? - le dijo Brígido Tuesta, vocal de la asociación - si el único que estaba involucrado en este lío eras tú y ahora, el único que se beneficia con este robo, también eres tú.

- Yo no he sido, nada tengo que ver en todo esto, todos los días he estado llegando temprano a casa y me he acostado temprano, se los aseguro.

- Pueden preguntarle a mi mujer si quieren.

- No es necesario - interrumpió Napoleón -. ¡Vámonos! – ordenó - ya nada tenemos que hacer en esta casa. Acto seguido salieron, dando un tirón a la puerta tras de sí.

En ese mismo instante otra puerta se habría violentamente, era en la casa de Arístides Rocafuerte, un vecino de Piñonate. Dos hombres correctamente vestidos entraban en ella. Rocafuerte fue el que había entregado los cheques a la junta directiva, acusando públicamente de negociados a Barbadillo en la última asamblea.

- Somos de la policía de investigaciones - dijeron los hombres, mientras enseñaban sus identificaciones al dueño de casa, que por un momento creyó que lo asaltaban - queremos hablar con Ud. unos minutos.

- Sabemos que Ud. tiene una tienda de venta de artefactos eléctricos en la "Parada" (mercado mayorista), ¿es verdad?

- Así es, si tengo un pequeño negocio.

- Lo malo de esto es que Ud. ha estado vendiendo artículos de contrabando, desde hace buen tiempo y este es un delito muy grave.

- ¡Que ocurrencia!, todo lo que yo vendo está de acuerdo a ley - afirmó de inmediato Rocafuerte, tratando de apaciguar su nerviosismo.

- ¿Está Ud. seguro?, quiere que hoy mismo vayamos a su negocio y hagamos una inspección, nosotros tenemos la facultad para eso. Pero si lo encontramos en falta, decomisamos su mercadería y de inmediato Ud. se gana, le aseguro diez años de cárcel por lo menos.

A estas Alturas, Rocafuerte sudaba frío, sabía que evidentemente estaba en falta, pero ¿cómo lo admitía? Por ello tímidamente se atrevió a preguntar.

- Pero señores, ¿cómo podemos arreglar esto? Creo que todo tiene una solución – insinuó Rocafuerte.

El sabía de las famosas "mordidas", la coima que usualmente muchos negociantes tenían que dar a cuanto inspector llegase, sean del municipio, la policía o de contribuciones. La coima era una institución, ya todos lo sabían y nada se podía hacer, sino pagarla.

- Bueno, nos alegra que Ud. sea razonable - afirmó uno de los investigadores, con un tono conciliador - ahora sí creo que podemos conversar más tranquilamente y tomando una silla se acomodó en ella.

Rocafuerte entonces sintiendo menos presión de sus interlocutores, dio un suspiro de alivio, tan evidente que los visitantes se miraron entre si como diciéndose, ya tenemos a este pez. Luego trató de preguntar

- Señores, ¿cómo arreglamos esto?, ¿cómo les puedo ayudar, para que ustedes me ayudon?

- Si insinúa dinero, nada de eso señor - respondió uno de ellos.

- No, no, yo no he querido ofender - se disculpó Rocafuerte quedándose intrigado y preguntándose mentalmente, si no querían dinero, ¿qué querían entonces?

- Mire Sr., Rocafuerte, iremos al grano.

- Ud. tiene un grave problema de impuestos, además de haber cometido el delito de contrabando, pero nosotros podemos olvidarnos de todo eso, si Ud. coopera.

- ¿Recuerda Ud. la asamblea en la que denunció a don Barbadillo de usufructuar con los fondos de la Asociación? – preguntó uno de los investigadores.

- Claro, que lo recuerdo – respondió Rocafuerte.

- Bueno, olvídese que fue Barbadillo, el verdadero culpable fue Gabriel Napoleón, ese comunista que tienen Uds. como presidente.

- Pero, ¿cómo lo acuso?, yo no tengo pruebas, además...

- ¡Olvídese de las pruebas! - lo interrumpió uno de ellos - simplemente siga nuestras instrucciones al pie de la letra y no tendrá problemas, ni aquí ni en su negocio. De lo contrario, le juró que lo hundimos.

- ¡No!, ¡no!, acepto, acepto. Haré todo lo que Uds. me pidan - afirmó Rocafuerte ya totalmente doblegado.

- Muy bien, eso es lo que queremos. ¿Tiene Ud. familia? - preguntó uno de los investigadores.

- Sí, tengo dos hijas y mi mujer - respondió ya temeroso, por la pregunta fuera de lugar.

- Bueno, por la seguridad de ellas cumpla su palabra. Dicho esto se marcharon presurosos, de la misma forma como habían entrado.

Esa noche Rocafuerte casi no durmió. El era un hombre de trabajo y si de repente empezó a vender artículos de contrabando, fue porque todos lo hacían y nunca escuchó que alguien tuviera un problema. Pero ahora había surgido algo que jamás imaginó. El no quería acusar a don Napo y le remordía la conciencia solo pensar que eso tenía que hacer muy pronto, pero no había escapatoria, si no lo hacía, seguro que arruinaban su negocio. Pero había algo peor, aquello que lo sacaba de quicio eran las preguntas sobre su familia. Sus hijas y su mujer eran sus joyas más valiosas. Un pánico helado le recorrió el cuerpo cuando por un instante se imaginó que ellos, podrían atentar contra la integridad física de su familia. Esto fue lo que doblegó ya definitivamente toda su resistencia y se decidió a colaborar. No contó nada de esto a nadie y por días se quedó pensando en quienes estarían detrás de todo, Bardillo era muy insignificante para armar este tinglado.

Las semanas que siguieron fueron de tensa calma. Rocafuerte no fue molestado ni en su casa ni en su negocio. Barbadillo seguía su vida normal de chofer de taxi y don Napo y su junta directiva, proseguían sus trámites para lograr los servicios de agua y desagüe a domicilio. En lo que respecta al problema de Barbadillo, este quedó empantanado y prácticamente a fojas cero.

De repente un día siendo como las dos de la tarde don Gabriel recibió en su casa un sobre, de la Fiscalía, sellado urgente. Presuroso lo abrió y después de leer por unos instantes las dos páginas que contenía la misiva, las estrujó, arrojándolas contra la pared.

- ¡Infelices!, ¡desgraciados!, ¿cómo me pueden acusar de algo que yo jamás cometí? - vociferó apoyando manos y cabeza contra la puerta, como conteniendo su inmensa rabia.

Gabriel estaba furioso, se veía en sus ojos enrojecidos y en sus gestos una tremenda furia y desencanto, por el pago que la vida le daba después de tantos años de esfuerzo y sacrificio por su pueblo. En ese momento se juntaron en su mente todos los recuerdos de las injusticias que había sufrido en el pasado. Anteriormente fue llevado preso varias veces cuando era un líder sindical, aunque nunca fue inculpado de un delito común. Pero esta vez era diferente, esta vez se le acusaba de usar a la asociación para lucrar ilícitamente. Esto era grave, ya no lo señalaban de izquierdista o sindicalista, ahora era un delito común.

Doña Delfina que estaba en las inmediaciones, de inmediato corrió a su lado y trató de apaciguarlo.

- Napo, ¡cálmate!, ¡cálmate!, ¿qué ha sucedido? – preguntó.

- Estos malditos me acusan que yo he recibido coimas usando mi cargo en la asociación.

- Pero, ¿cómo puede ser?, si tu jamás tocaste esa plata y ni siquiera firmabas los cheques, si todo estaba en manos de Barbadillo.

- Así es mujer, pero ya vez, ahora yo resulto culpable, a pesar que Barbadillo fue acusado públicamente.

- ¡Por eso odio a estos corruptos! - vociferó Napoleón - ¡ellos hacen lo que quieren!, ¡la justicia vale mierda! Esta es la tan cacareada democracia.

- Los que están en el poder acomodan todo a sus intereses, mucho me temo que Hildebrando, el prefecto, esté detrás de todo esto, ese hombre juró vengarse de mi.

No pasarían unos minutos cuando tocaron la puerta tres policías que bajaron de un vehículo de la prefectura. De inmediato doña Delfina, se imaginó, tenía razón Napo, ahora vienen por él.

- Señora, tenemos orden de arresto contra el señor Gabriel Napoleón Makiel, por delito de apropiación ilícita de fondos sociales - dijo uno de los policías y de inmediato entraron a la casa.

- ¡Malditos serviles, yo soy inocente! - gritaba Napoleón tratando de evadir a dos policías que lo estaban sujetando fuertemente, mientras el tercero sacaba su arma en forma amenazadora.

- ¡No Napo!, ¡no te resistas!, ¡será peor!, estos te pueden matar aquí mismo, ¡no!, ¡cálmate!, ¡entrégate!, te pondremos abogado e iremos a luchar por ti, te lo ruego cálmate - le imploraba doña Delfina, entre sollozos.

Quizás por eso, Napo se tranquilizó y se dejó conducir al vehículo que esperaba afuera con el motor encendido.

Allí quedaba toda la familia, doña Delfina abrazando a su menores hijos, Katiuska, Pepín, Picota, Salo y Sole, que sumamente asustados sollozaban. Quedaban todos, contemplando como se llevaban a su padre casi a rastras, sin comprender lo que estaba sucediendo.

Esta fue quizás una de las imágenes imborrables que se grabaron en la memoria del hijo varón y de Katiuska. Él no lloraba, solo miraba con sorpresa como preguntándose, ¿Por qué se llevarían a su padre, rompiendo su familia y causando un profundo pesar a su madre y hermanas? Pepín comenzaba a saborear los golpes de la vida, esos golpes que irían mancillando su inocencia y su creencia en lo bello del mundo, para enseñarle que hay también un lado oscuro que ya había ingresado violentamente a su hogar y a su familia. ¿Qué impacto tendría esto en su vida?, ¿lo haría un rebelde o lo domesticaría como un hombre amargado, pero sumiso?

CAPÍTULO IV

TIEMPOS DE ENCIERRO

Días después el fiscal acusaba a don Gabriel Napoleón Makiel de malversación de fondos, en perjuicio de la "Asociación de Pobladores de Piñonate" y de haber usufructuado en provecho personal, desde su posición de presidente.

Napoleón muchas veces se preguntó cómo le pudo ocurrir todo esto, no cabía duda que era un complot muy bien tramado. Los del ARE en el poder no podían ser los autores ya que él no era una figura nacional y por tanto no era un peligro para el régimen, lo lógico era que esto tenía que ser obra de alguna persona que lo odiaba mucho y esa persona no podía ser otra, que Hildebrando Pajares. Este hombre había jurado vengarse por la pérdida de su candidatura a diputado cuando murió Manuelito. Napoleón estaba seguro de esto y se lo dijo a doña Delfina, en realidad todos en la familia Makiel no tenían duda que la mano del prefecto tejía toda esta perversa trama de calumnias. Napoleón lo sabía pero estaba huérfano de todo, de evidencias para refutar las acusaciones y de amigos influyentes, para contrarrestar las poderosas fuerzas del prefecto. En una época que en el país la justicia estaba al servicio de los más poderosos política o económicamente, cualquier cosa podía suceder. En efecto, ahora todas las evidencias contra el verdadero culpable habían desaparecido y en su lugar, surgieron otras que fueron retorcidas, creando un culpable ya escogido de antemano. Pero esta era la justicia, la justicia formal, que debía seguir su curso.

En este contexto era muy poco lo que don Napo podía lograr sin tener el pueblo a su lado, que era su única arma y con lo cual era diestro para presionar a los poderosos. Por eso ahora en su encierro, solo y desarmado se sentía impotente, la desesperanza la abatía y los días se le hacían largos como una eternidad.

Afuera la gente pedía su liberación en múltiples marchas y demostraciones, las que efectuaban frente al Palacio de Justicia y en las que inclusive participaba Barbadillo, agitando a la muchedumbre y pidiendo se libere al líder de Piñonate.

Sin embargo, paulatinamente los caldeados ánimos de la muchedumbre fueron apagándose, en la medida en que cada vez había una menor concurrencia a las demostraciones. Sea porque no existía un líder que pudiese amalgamar otras organizaciones con esta causa o porque, como lo dijo el propio don Barba, la gente tiene flaca memoria y olvida muy pronto, el hecho fue que dos semanas después habían cesado las protestas. Todo estaba saliendo como lo planeara don Hildebrando, su venganza ya estaba en plena ejecución, por eso el gozaba cada día que transcurría.

En uno de esos días el prefecto fue visitado por don Barba, a quien le dijo con su característica risotada escandalosa:

- Oiga don Barba, Ud. si que no tiene sangre en la cara, mire que participando en las protestas de los "piñonates", cuando Ud. mismo crucificó a don Napo.

- Bueno, Ud. sabe don Hildebrando, yo tengo que cuidar las apariencias. Además así es mejor, muchos pensarán que sigo apoyando a ese rojimio – respondió don Barba, encogiéndose casi como avergonzado.

- Eso si es verdad - replicó el prefecto.

- Luego añadió - ¡Ah!, me olvidaba, mañana trasladan a Napo a la penitenciaria a pedido mío. Te dije que lo liquidaría y eso es lo que precisamente hago ahora. Ese rojimio no sale de allí y si lo hace, saldrá con los pies por delante. ¡Porque el que me la hace, me la paga!

En efecto, al día siguiente don Gabriel fue sacado de su celda en la novena comisaría y trasladado, junto con otros presos acusados de homicidio, a la penitenciaría. Esta era una de las cárceles más temidas del país, a pesar de encontrarse en pleno centro de la capital, en realidad justo frente al palacio de justicia. En esta época este penal era uno de los más grandes, ocupaba toda una enorme cuadra a un costado del transitado Paseo de la República, una de las avenidas más concurridas de la ciudad.

Desde lejos se podía ver en la parte alta de sus paredes, alrededor de todo su perímetro, policías vigilantes muy bien pertrechados, destacando en sus cuatro esquinas unas casetas más altas, con reflectores y donde siempre había un policía armado con una metralleta. Su puerta metálica de acceso principal, era gigantesca y hacía recordar las entradas de los viejos castillos medioevales, la misma que solía abrirse los domingos para dejar entrar y salir a las visitas de los reclusos.

Se decía que sus enormes paredes de más de diez metros de altura, escondían innumerables abusos y crímenes que a menudo ocurrían en su interior. Allí habían ejecutado a varios reos condenados a muerte y los vecinos contaban que muchas veces vieron caminar a más de un ajusticiado, meses después de su ejecución, pero créanse o no estas historias, la verdad era que la sola apariencia externa del penal atemorizaba.

Doña Delfina y sus hijos habían esperado impacientes toda la semana hasta el día domingo, día de visita. Una larga fila de más de cien metros de familiares y amigos de los reclusos ya serpenteaba uno de los costados del penal, cuando llegaron doña Delfina, sus hijos Katiuska y Pepín y su fiel amiga doña Domitila. Ella ahora gustosa los acompañaba, pues toda la semana había insistido en saludar a su líder a quien apreciaba mucho.

Justo a las 9 de la mañana se abrieron las pesadas puertas y uno a uno empezaron a entrar las visitas, después de ser registrados minuciosamente en previsión que pudiesen introducir algún tipo de arma en el penal. Pepín y Katiuska caminaban agarrados de la mano, con los ojos casi desorbitados, no se sabe si sorprendidos o asustados, porque jamás imaginaron entrar a semejante lugar.

Después de avanzar por varios pasadizos lúgubres y angostos, llegaron a un enorme salón. Allí encontraron a muchos convictos conversando con sus visitas, separados por una reja de seguridad. Había también numerosa mercadería que ofrecían a la venta. En efecto, todos los domingos aprovechando que llegaba mucha gente, los presidiarios exhibían los diferentes productos que habían elaborado durante la semana para la venta al público. Así se veían peines y adornos hechos de cuernos de vacuno, sombreros y bolsos de paja, tapetes e innumerables juguetes de madera.

Doña Delfina y Domitila dieron vueltas entre las visitas buscando infructuosamente a don "Napo", al otro lado del enrejado. Intrigadas por su ausencia decidieron indagar con el sargento de turno.

- ¿Número de celda? – preguntó el policía.

- 875 – contestó secamente doña Delfina.

Luego a una indicación del sargento, subieron al segundo piso por una estrecha escalera de metal. Finalmente, llegaron al pabellón carcelario donde se suponía estaba la celda, allí se encontraron con un angosto pasadizo que dividía dos largas hileras de celdas pequeñas y malolientes, apiñadas una tras otra. Todas las celdas estaban vacías, puesto que los presos habían bajado a reunirse con sus familiares o a vender su mercadería. Con ansias las dos mujeres recorrieron con sus ojos los enmohecidos barrotes de la prisión en busca de don Napo, pero fue Pepín el primero que divisó el número 875 y corrió presuroso hacia ella.

- ¡Papá Napo!, ¡papá Napo!, gritó el chiquillo - mientras Napo yacía sobre un pequeño catre metálico, quizás dormido o tal vez soñando despierto sobre el destino que le tocaba vivir.

Al escuchar que lo llamaban se levantó bruscamente, acercándose a la reja y pasando sus manos tras los viejos barrotes acarició a sus hijos, en especial a su querida Katiuska, que tanto quería. Los primeros minutos estuvieron todos agarrándose las manos en silencio, mientras las mujeres lloraban. Luego recuperándose y enjugándose las lágrimas doña Delfina cortó el silencio y preguntó.

- ¿Cómo estas Napo?, ¿por qué no saliste?, ¿estas enfermo?

- Si - contestó él - hace dos días he tenido unos cólicos terribles, será que mi estómago no resiste comer esto que nos dan, que más parece comida de perros.

- ¡Ah!, si pudiera traerte comida todos los días, lo haría.

- Si lo haríamos - agregó Domitila - pero aquí nos dejan pasar solo los domingos.

- Aquí te trajimos lo que más te gusta, hay papa rellena, causa, choclitos y bastante fruta, para que te dure días, guárdalo en algún rinconcito.

- Si lo debo tener bien empaquetado, porque este asqueroso lugar está lleno de ratones y cucarachas.

Así pasaron las tres horas de visita sentados en el piso, conversando como si sintieran una gran necesidad de volcar tras de si, todo lo vivido en los últimos días. Aunque Gabriel nunca fue muy cariñoso, ahora empezaba a mostrar una gran ternura, especialmente con sus pequeños hijos, solo lamentando no ver a Picota y sus otras hijas, que por su corta edad no le permitían entrar. De repente un sonoro timbrazo les recordó que ya era tiempo de partir, pero antes don "Napo" les dio un consejo.

- Agarren bien sus carteras - dijo - porque estos facinerosos son tan finos, que les pueden robar las medias sin sacarles los zapatos. Dicho esto se despidieron rápidamente, apurados por un par de policías que ya estaban a su lado.

Esta como todas las visitas al penal, dejaban en el pequeño Pepín una gran tristeza y muchas preguntas, que ya empezaban a enturbiar su feliz y despreocupada niñez. No se explicaba porqué su padre sufría encierro sino era una persona mala. ¿Por qué lo tenían encerrado?, si había ayudado a tanta gente entregándoles un sitio donde vivir. ¿Por qué ahora lo trataban tan mal? Múltiples veces le preguntó a su madre las razones de esto y ella solo pudo responderle, porque hay gente mala que ha mentido culpando a su padre de algo que jamás hizo. Porque en su país no había justicia o porque ese era el destino de su padre.

Ya Pepín empezaba a preguntarse, entonces ¿cual sería su destino? ¿Y si ese destino se lo haría él mismo o sería impuesto por Dios? Así meditaba el pequeño, sin encontrar respuesta a tan difíciles interrogantes.

Pero la vida tenía que seguir su curso, él debía volver a sus estudios al igual que sus hermanas y su madre, volver a su lucha para sostener a la familia. Frente a esto doña Delfina empezó a preguntarse, ¿ahora que hacer?, ¿cómo pagar los gastos de casa? Ella ya había agotado casi todos sus ahorros, así que con el poco dinero que le quedaba decidió entrar también en los negocios.

Doña Domitila, que tenía un puesto de verduras en un mercado cercano, la había convencido que empezara vendiendo baratijas como ambulante, porque a la edad que tenía y como estaban las cosas, nadie le daría trabajo. Eso fue lo que hizo. Empeñosa en su nueva ocupación, salía muy temprano con su mercadería y regresaba a casa todos los días como a las cuatro o cinco de la tarde. Afortunadamente Kathuisca y Pepín e inclusive Picota a su corta edad, colaboraban en todos los quehaceres de la casa, uno limpiaba, otro cocinaba y por supuesto, nadie dejaba de asistir a sus respectivas escuelas. De tal modo que cuando llegaba su madre cansada de caminar y a veces de correr, casi todo estaba en orden. En realidad lo de correr no era exageración, porque muchas veces los ambulantes eran perseguidos por los inspectores municipales para que desalojen, obligándolos a empacar rápidamente su mercadería y correr con ella como podían.

Por este tiempo ya Pepín había terminado su educación primaria y empezaba la secundaria, en el "Ricardo Bentín", una de las grandes unidades escolares del populoso distrito rimense, después de haber aprobado el examen de admisión que se administraba a todos los que deseaban proseguir sus estudios. Efectivamente, en aquellos años los estudiantes que terminaban la primaria después del examen, tenían tres opciones. En la primera estudiaban secundaria común o sea, todos los cursos necesarios para posteriormente seguir una carrera liberal en una universidad, entrar a una escuela militar o a la policía. La otra opción era estudiar secundaria técnica, en la cual se les enseñaba ciertos cursos de secundaria común y algún oficio como carpintería, mecánica u otro de mando medio. La tercera era secundaria comercial, para los alumnos que generalmente terminaban estudiando contabilidad. Pepín empezó estudiando secundaria común y por esta época, justo trabó amistad con otro jovencito vecino suyo, cuyo nombre de pila era Luis pero todos lo llamaban "Chapi". Este jovencito cursaba estudios técnicos en la especialidad de carpintería, ambos se hicieron grandes amigos desde el principio. Esta sería una amistad que duraría muchos años más allá de la madurez de ambos.

Con el solía jugar los fines de semana a los trompos, a las canicas o como casi todos los chicos de su edad al futbol, aunque valgan verdades Pepín nunca destacó como un buen jugador en este deporte. Ambos también participaron más de una vez en las "guerritas" que se producían de tiempo en tiempo entre los muchachos de "Piñonate" y los del "Barrio Obrero". Aunque entre ambos grupos no existía precisamente una verdadera enemistad, cada cierto tiempo por alguna razón, sea un partido de futbol u otra "razón de peso", se producían ciertas discrepancias y ello se deslindaba finalmente, en una batalla campal a hondazos entre ambos bandos. El campo de batalla era un extenso terreno colindante con Piñonate y con el Barrio Obrero, que había sido campo de sombrío pero que por razones no conocidas se abandonó y quedó como terreno baldío, lleno de surcos y teniendo al medio un montículo de piedras, como de unos doscientos metros cuadrados. Allí se realizaba este deslinde, utilizando como armas unas hondas de jebe y como proyectiles piedrecillas del tamaño de las canicas, que eran lanzadas al grupo rival. Pepín precavido como siempre, cuando participaba en estos enfrentamientos permanecía buena parte del tiempo sumergido en los surcos o zangas más profundas, que prácticamente lo cubrían por completo, sacando la cabeza muy de vez en cuando para lanzar sus proyectiles. Estas batallas duraban generalmente una o dos horas, hasta que la policía se percataba de ello y corría vara en mano a los beligerantes, si bien no detenían a nadie, terminaban rápidamente con el conflicto antes que alguien resulte herido.

Salvo estos deslices esporádicos de Pepín, en la casa doña Delfina mantenía fácilmente la disciplina, sus hijos no necesitaban mayor presión para ayudar o cumplir con sus labores escolares. En efecto, ellos realizaban sus tareas generalmente por las noches, comenzando después de la comida como a las 7 p.m. hasta por lo menos las 11p.m, a la luz mortecina de dos lamparines a kerosene, salvo las pocas veces que al jovencito de la casa se le olvidaba comprar oportunamente el carburante o cuando, este se consumía y tenían que terminar las tareas con velas.

Por lo demás Pepín era un estudiante hacendoso en sus quehaceres, todas las mañanas salía temprano con su voluminosa carga de libros y cuadernos, en una larga caminata de unas diez cuadras hasta su centro escolar y regresaba luego a medio día, para almorzar frugalmente lo que había preparado su hermana Katiuska o Picota. Después emprendía presuroso el regreso, porque debía llegar al plantel escolar antes de las 2:00 de la tarde, justo cuando tocaba el timbre que daba inicio a las clases vespertinas. Un atraso en la hora de llegada significaba para los más ingenuos, una tardanza y la correspondiente baja en su nota de disciplina. Para los más avezados una tardanza podía significar, en el mejor de los casos, solo un susto y una carrera. Pues para entrar subrepticiamente, ellos solían trepar desde la calle el muro posterior del centro escolar con su altura de casi dos metros y desde allí, descolgarse al campo de fútbol del colegio y luego, emprender una carrera agazapándose para no ser vistos hasta llegar a los salones. Si la suerte los favorecía lograban llegar a su pabellón airosos, de lo contrario eran descubiertos por la Policía Escolar o los Auxiliares de educación, quienes se encargaban de cuidar del comportamiento de los alumnos y el castigo podía ser muy serio. En algunos casos se suspendía al alumno por dos o tres días y se le exigía que regresara acompañado de su padre o apoderado, a quien se le informaba de la mala conducta de su hijo. Este era el gran temor, porque la disciplina administrada por los padres solía ser muy severa.

Así pasó el tiempo entre juegos, estudio y visitas al penal los días domingo. Ya habrían transcurrido cuatro años desde que Napo fue encarcelado y como en el caso de muchos internos, a él tampoco se le había sentenciado, sin embargo seguía privado de su libertad y en el peor presidio.

Doña Delfina ya había dejado de ser ambulante y tenía un puesto en el mercado local y aunque ahora ganaba más que antes, todavía eso era insuficiente para sostener las nuevas necesidades de sus hijos, que conforme crecían pedían más. Afortunadamente ellos siempre pedían solo lo indispensable, además se ingeniaban para ganarse algún dinero extra. Pepín se había transformado en experto haciendo cometas de papel y durante la temporada de vientos era muy solicitado. Vendía con facilidad sus aviones, barriletes y pavas, que hacía de cañas muy delgadas o sacuara, una especie de caña más débil pero mucho más liviana. Con su hermana Katiuska también hacían santitos y diversos muñequitos de arcilla, que Pepín los moldeaba y su hermana los pintaba o vestía según los pedidos de su tío Pablo, el esposo de la única hermana de "Napo", que al igual que este era también "mercachifle", pero cuya especialidad era la venta de todo tipo de santos y amuletos.

Los carnavales con sus tres días de fanfarria y desfiles de carruajes alegóricos, presidido por la reina de estas fiestas, eran también una oportunidad para la diversión y los negocios. Pepín y Katiuska trabajaban con días de anticipación, preparando máscaras con una mezcla de papel periódico remojado, que moldeaban en unos prototipos hechos de arcilla y después dejaban secar y cubrían con cola de carpintero, para finalmente pintarlas de colores vivos. Era la oportunidad para vender además de las máscaras, algunos disfraces y gorros diversos. Por eso los tres días de celebración para estos hermanos era de intensa actividad, dándose el tiempo para dar los últimos toques a su mercadería y por ratos aventurarse a jugar con agua. Pues no había buen carnaval sin un buen remojón, que los hombres daban a las mujeres y viceversa, por ello días antes, todo el vecindario se había aprovisionado de abundante agua que conservaban en cilindros. Ya en la tarde cuando empezaban el juego con talco, chisguetes y serpentinas, era la hora de los negocios, el momento cuando todos compraban las máscaras y los disfraces para las fiestas o simplemente, para jugar con ellas.

Todo esto les proveía de algún dinero que entregaban a doña Delfina, quien hacia el reparto, dejando siempre algo para la diversión de sus hijos. El problema surgió cuando Pepín y Katiuska intentaron hacer barras de jabón para lavar ropa, ese si fue un experimento fallido, a pesar de todas las lecturas de cómo prepararlo caseramente, en que los hermanos se enfrascaron, no lograron hacerlo y perdieron dinero, pero ganaron experiencia de no meterse en lo que no estaban seguros de llevar a buen fin.

Justo a la semana siguiente cuando se cumplían cuatro años y tres meses de encierro, Napo fue liberado. Todo el caso contra él se había sostenido en las acusaciones de los testigos de la fiscalía, pero en todo el tiempo transcurrido nunca se encontró una prueba física o documentada que evidencie dichas acusaciones. Es más, la empresa que se adjudicó la obra del local institucional declaró que nunca dio cheque alguno a don Gabriel. Por tanto, el juez estableció en su dictamen final que no encontrando causales suficientes, que lo identifique como el autor material o intelectual en la acusación de malversación de fondos, en agravio de los pobladores de Piñonate, decretaba su libertad. Así de simple, Napo había sufrido injustamente más de cuatro años de encarcelamiento, en una de las peores prisiones del país y todo era remediado con una liberación totalmente tardía y abusiva, sin ninguna reparación por el daño físico y moral ocasionado a la víctima, ni mucho menos compensación alguna.

El día de su liberación toda la familia concurrió al penal, era una mañana gris como todas las del otoño limeño y muy temprano doña Delfina, sus hijos y algunos amigos esperaron pacientemente en la escalinata, que daba a la puerta principal del presidio. De repente don Napo apareció en el portón, abrigado con una pequeña colcha, lucía demacrado y barbudo y su caminar era lento y con dificultad. Evidentemente ya no era el de antes, tan energético y vigoroso, cuatro años de cárcel y una pésima alimentación habían virtualmente acabado con él. Todos lo notaron, aunque nadie dijo nada al respecto, pero se veía en sus semblantes la enorme pena que sentían por el líder de ayer.

A partir de aquella fecha Napoleón cada vez fue de mal en peor, ya no participaba en reuniones de la asociación, muy al contrario renunció a ella. Su vida se redujo a un ir y venir a los hospitales de beneficencia pública, pues se quejaba de tener continuos dólares de estómago. Fue así como le detectaron una úlcera sangrante, que a pesar de todos los esfuerzos por curarla finalmente acabó con él. En efecto a los seis meses de salir libre falleció, tranquilo en su casa, un día domingo rodeado por todos sus familiares y amigos más cercanos.

El viaje a su morada final fue muy concurrido. Como lo dijo doña Domitila, seguro desde el más allá él estaba feliz, porque su entierro tuvo olor a multitud y eso era lo que siempre disfrutó. Mucha gente de Piñonate lo acompañó, hubo una larga fila de vehículos que siguieron a la carroza y docenas de adornos florales. Si bien no hubo discursos cuando lo sepultaron, si hubo muchas lágrimas y un sincero dolor de quienes le agradecían todo lo que hizo por ellos, tras años de intenso y perseverante trabajo en su querido Piñonate.

Su muerte causó fuertes estragos en la familia, doña Delfina sintió que el mundo terminaba para ella y a pesar de su fortaleza espiritual, lloró amargamente por días. Katiuska, Picota, Salo y Sole a sus cortas edades, también lo lloraron desconsoladamente. Pepín trató al principio de aparentar ecuanimidad y resignación, para sostener anímicamente a su familia y aunque se le vio algunas lágrimas bajar por sus mejillas el día del entierro, su reacción fue más que todo de un silencio infinito. Conforme pasaron los días el muchacho se encerró ensimismo y casi no pronunció palabra alguna, ni aun con sus hermanas o su madre por un buen tiempo. Napo había sido su padre, a pesar de su frialdad y sus frecuentes ausencias, fue el único padre que conoció, el que imponía la disciplina, el que más sabía en casa, el proveedor, al fin y al cabo él era su padre de sangre y por eso lo quería y por eso ahora lloraba en silencio.

Pepín sentía ahora una gran responsabilidad, quedaba como el único varón en la familia, el que reemplazaría a su padre, que ya había cumplido su destino. Pero se sentía mal porque nunca tuvo la oportunidad de conversar con él, sobre su vida, de saber si vivió o no feliz con lo que hizo, con su lucha constante en Piñonate, con sus correrías tramitando mejoras para su barriada y con ese trajinar de "mercachifle" entre provincias y su casa en Piñonate. Pero como siempre la vida seguía su curso y todos tenían que volver a la realidad por dura que fuera.

Días después con los ánimos un poco más calmados, Pepín le pidió a Katiuska le contara todo lo que sabía sobre la verdadera historia de su padre, es así como muy pronto se reunieron y ya juntos la hermana mayor rompió el silencio.

- Hermano — le dijo — yo no se si sabes lo que pasó con nuestro padre, ¿porqué lo encarcelaron? y ¿quien estuvo detrás de todo eso?.

- Bueno yo escuché de papá Napo — agregó Pepín - que lo habían acusado de haberse apropiado de dinero de la Asociación de Piñonate, cosa que por supuesto era una mentira, papá era un hombre pobre pero muy honrado y siempre estaba a las justas de dinero. Fuera de esto nunca supe nada más.

- Mira Pepín, yo si tuve la oportunidad de enterarme de toda esta tragedia y ahora te la diré.

Así Katiuska le contó a Pepín todos los pormenores de esos años de desgracia de don Napo, desde que acusaron al tesorero de la Asociación de Piñonate de recibir coimas, la desaparecieron de las pruebas que lo incriminaban, hasta lo que la familia Makiel creía respecto a cómo fueron retorcidos los hechos para culpar a don Napo. Inclusive, los detalles del juicio donde lo condenaron a prisión. Quedando bien claro que este fue un complot y que el único que pudo estar detrás de todo ello, tenía que ser el prefecto Hildebrando Pajares.

Pepín quebró en llanto, al recordar esos momentos tan tristes de su vida. Pero realmente sentía una mezcla de profunda tristeza y rabia, rabia por la impotencia de no poder hacer nada para honrar a su padre. El nombre de Hildebrando quedó así para siempre grabado en su memoria, como aquel que acabó prematuramente con su progenitor. Pero pronto reaccionó y le dijo a Katiuska tomando su mano,

- Hagamos hoy día un juramento para hacer justicia con nuestro padre, ese infeliz de Hildebrando algún día tendrá que pagar sus culpas por haber acabado con papá y por ese odio gratuito que le tenía.

-Si Pepín – afirmó Katiuska - yo te juro que toda mi vida buscaré vengar su muerte y hacer pagar a ese criminal sus culpas.

Así, ambos quedaron unidos en un juramento que les llevaría años pero que confiaban plenamente lograrían cumplirlo.

CAPÍTULO V

EL BICHO DEL IZQUIERDISMO

- ¡Pásala Pepín!, ¡pásala! - gritaba Chapi, mientras corría por el borde de la pista pavimentada, que ahora servía de campo de fútbol, a un costado de la unidad escolar donde estudiaban. Apurado por Chapi, Pepín logró "bombear" la pelota por sobre la cabeza de dos jugadores rivales y se la colocó a su amigo casi en los pies, el que después de driblear a un contrario, fulminó al arquero rival de un tremendo derechazo.

- ¡Gol!, ¡gol!, ¡gol! - gritaron todos, quedando así terminado el partido que habían empezado casi dos horas antes.

- Que bien Pepín, que levantaste la cabeza y me la pusiste casi frente al arco - dijo emocionado Chapi, que sudoroso pero feliz, avanzaba hacia el par de piedras que formaban su arco, para recoger sus libros y cuadernos, que había dejado allí al igual que sus compañeros.

- La verdad que esto me salió de "chiripazo" (suerte), tu sabes a veces me embarullo y me quitan la pelota - trató de explicar Pepín.

- Yo se, tu juegas tu pelota, lo malo es que al final te "muñequeas" (te pones nervioso y te equivocas) o te engolosinas demasiado con la pelota y te la quitan.

- Si, eso es verdad, además, estos "huevones" juegan sucio, son unas mierdas.

¡Claro!, si el "cara de chancho" de Felipe casi me agarra de un "patadón", felizmente salté, sino me "jodía" la pierna.

- Bueno Chapi, yo me quito, hoy es sábado y casi son las cuatro de la tarde. Ya mi vieja (mi madre) debe haber llegado a casa. Tú sabes como trabaja la pobre, tengo que ayudarla.

- Yo también, Pepín, me voy. Ahorita cruzamos por el callejón de la negra turronera y en dos patadas estamos en Piñonate.

Así fue como ambos abandonaron el lugar y cargando libros y cuadernos, enrumbaron a casa. Atrás dejaron a la mayoría de los que habían terminado el partido, porque ellos empezaban ahora otro, pero de "timba". El juego con dados, en que apostaban generalmente diez o veinte centavos por tirada y en el que se pasaban el resto de la tarde, hasta oscurecer o hasta que llegara por allí algún "patrullero" (policías en auto) o se armara una bronca entre los participantes.

Felizmente a Pepín y Chapi nunca les atrajo estas apuestas, en primer lugar, porque nunca tenían el dinero para ello y en segundo, por el temor a ser agarrados por la policía, como ya lo fueron algunos de sus compañeros. Caminaban apurados ambos amigos mientras conversaban.

- Oye Pepín, me han dicho que estas "templado" (enamorado) de Pocha – empezó la plática Chapi.

- No, ni loco, esos son inventos de la chismosa de Irma, su hermana, que con su mamá se empeñan en emparejarme con Pocha.

- La verdad Pepín, esa señora es medio alcahuete, parece que quisiera deshacerse pronto de sus hijas que les anda buscando pareja a ambas.

- Mira Chapi, la verdad es que yo no pienso en "jilas" (enamoradas), primero tengo que salir adelante, soy un "misio" (pobretón) y no quiero seguir siéndolo toda la vida. Además, la gringa Pocha no me gusta, tiene muchas pecas.

- Y tu Chapi si que estas "templado" (enamorado) de Tiodo.

- Bueno, tú sabes, nosotros estamos desde que yo tenía 15 años, ahora me voy por los 17, pero no queremos hacer nada serio, tenemos que esperar.

- Claro Chapi ni te metas en líos, nosotros no somos "pinga loca". Además, si te "arrechas" (tener ganas de hacer sexo) me avisas y nos vamos a Huatica. Allí podemos encontrar unas putitas y botar el tacazo para estar tranquilos.

- Claro Pepín, tú crees que soy "huevón" (tonto), eso es lo que hago. Mi hermano mayor Samuel me acompaña.

- La semana pasada al "huevón" de Samuel se le ocurrió llevarme al "Trocadero", tú sabes, el burdel del Callao.

- ¡Puta!, si serás, ¿como se te ocurrió aceptarle?

- Espera, espera que te cuente. Bueno, nos metimos al "Troca" (un prostíbulo) y ¿no adivinas lo que pasó?

- Dime.

- Al día siguiente el Samuel se rascaba los huevos como loco, al punto que no aguantando más tuvo que pedir permiso y salirse del trabajo a medio día e irse a casa. En su cuarto se pasó tres horas sacándose una por una las ladillas, que se le habían pegado en los huevos como lapa en peña.

- ¡Que bruto!

- Te das cuenta, lo mismo me han contado otros "patas" (amigos), por eso yo no quiero ir por allá.

- Tienes razón ese burdel no sirve.

De repente Chapi señaló a su izquierda y le dijo a Pepín, ¡Oye!, ese que va por allá y va a tomar el bus, ¿no es el "profe" Panduro?

- Claro, es él - afirmó Pepín.

- Que bueno es ese "profe", a mi me enseña Educación Cívica.

- A nosotros en la secundaria común, nos enseña Historia.

El sabe cualquier cantidad — añadió Chapi con tono de admiración - la vez pasada hablando de la patria, tu sabes el rollo conocido de la tierra que nos vio nacer etc., él nos habló algo diferente, nos dijo que en realidad los pobres no tienen patria. Que nosotros desde que nacemos somos explotados y nos mostró cuanto ganan los pobres y cuanto ganan los ricos. Inclusive, nos trajo una película de como viven los ricachones de San Isidro y La Molina. Nos enseñó también como viven los de la barriada "El Abismo", los que están al borde del río Rímac. Hay un montón de ellos que tienen sus chozas pegaditas al borde del río y en una parte el Rímac se hunde más de cien metros, si por desgracia hay un fuerte temblor se desbarrancan y mueren todos.

- ¿Qué, tu no conocías eso Pepín?

- Te juro que no, estando tan cerca.

- Esos si son pobres, peor que nosotros - afirmó Chapi - sus casas son chozas chiquitas sus paredes son de adobe y techadas con cartón, latones y calaminas viejas. Pero, peor están los que viven al costado de las chancherías y se pasan la vida seleccionando la basura entre perros sarnosos y gallinazos. ¡"Pucha"! ese sitio apesta a podrido….."

Así conversaban animosamente. Tal parecía que su tranquila e inocente pubertad, estaba despertando a una juventud consciente de todo lo malo que los rodeaba. No había duda que el profesor Panduro, había encontrado tierra fértil en ambos y ya estaba prendiendo la semilla de la inquietud política, que sería la marca indeleble que forjaría el destino de ambos en los años por venir.

- ¡Oye Pepín!, ¿que haces de vagoneta?, ¡mi mamá te está buscando! - gritó Katiuska, sacando de improviso a su hermano de su animada charla.

Al escuchar a su hermana mayor, Pepín dejó a Chapi y entró a su casa como una tromba, tirando sus cosas sobre una maltrecha mesita que hacía las veces de escritorio junto a su cama. Hoy como todos los sábados le tocaba barrer la casa, el patio y acarrear varios baldes de agua para regar la parra y el platanal. Esta ya tenía como una docena de racimos de uva, que todos debían cuidar.

Pepín trabajó rápido y pronto terminó sus quehaceres. Ya en la noche se sentó a preparar sus tareas junto a una ruma de libros y cuadernos, entre ellos destacaba un poemario de Gustavo Adolfo Becker y otro de Cesar Vallejo, "España Aparta de mi este Cáliz", era uno de sus favoritos. Pepín curiosamente gustaba de ambos poetas, gozaba con la frescura de Becker y a ratos se cobijaba en la tristeza infinita de Cesar Vallejo. Con esto en realidad estaba definiendo su carácter, alegre y jovial como todo muchacho de su edad, pero también serio y profundo por la huellas que la vida ya empezaba a marcar en su vida.

Los años de cárcel que sufrió su padre no habían pasado inadvertidos para él, los recordaba como si fuera ayer. Nunca pudo olvidar la impresión que le causó la primera vez que lo fue a visitar al presidio, prácticamente sepultado en un lugar donde por momentos corría una brisa de hediondez que hacía suponer la mísera vida que tenían los internos. Katiuska primero y después su madre, le había contado como fue que calumniaron a su padre. Por ello, tampoco pudo perdonar a esa sociedad injusta en que vivía, el haber permitido que su padre pagara las culpas de otro, mientras los felones gozaban su libertad, solo porque estaban coludidos con los poderosos. Después, la temprana muerte de su padre con el consiguiente desamparo y el sacrificado trabajo de su madre, empezaron a marcar surcos de tristeza en su alma. Conforme se educaba iba descubriendo que su pequeño mundo en Piñonate no era todo, que más allá había un mundo diferente, hermoso, rico y próspero, al cual muchos como él no tenían acceso por ahora. También descubría que había otros, mucho más pobres, quienes quizás ya no tenían esperanzas.

Estaba así tomando conciencia que la vida era una competencia en la que no todos parten en igualdad de condiciones. Al contrario, la desigualdad al principio era lo normal y esto le parecía injusto. Si bien sentía que él todo lo aprendía con facilidad, porque era hábil y por fortuna contaba con la ayuda de su madre, capaz de dejar su propia vida tratando de ayudarlo, habían otros que por carencia de ayuda o por las limitaciones de sus capacidades, estaban condenados de por vida a una existencia mísera. Sería esta mezcla de alegría y tristeza lo que volcaría Pepín en sus numerosos poemas que escribía a menudo y cuyo único lector y crítico, era su joven profesor de castellano.

En general, Pedro Makiel parecía que se iba cuajando como un hombre donde las antípodas se unían, por igual gustaba de las letras pero también gozaba con las matemáticas, en la cual sus fuertes eran algebra y geometría. No en vano era uno de los preferidos del prestigioso profesor de matemáticas Fabián Ake, muy temido por sus exámenes y la exigencia en sus prácticas en el salón de clases. Justo este profesor era el que lo acicateaba para que estudie ingeniería. En ello coincidía con su madre, doña Delfina, que no se cansaba de pedirle que estudie ingeniería civil, para que construya casas y edificios. Ya habían discutido innumerables veces este tema. En la familia ella y Katiuska le decían que como poeta o escritor se moriría de hambre y que por ello, debía ingresar a la "Universidad Nacional de Ingeniería" (UNI).

Aunque para Pepín la idea del dinero no era el carburante que lo motivara, quería mucho a su madre para desairarla. Por ello finalmente después de pensarlo mucho, terminó secundaria y de inmediato se presentó a dar el examen de admisión a la UNI, desgraciadamente fue desaprobado.

Este fracaso fue un duro golpe para él, se sintió anímicamente deshecho. Se recluyó en su casa por días, encerrándose en su cuarto por largas horas, donde más de una vez Katiuska lo escuchó llorar por las noches. La preocupación empezó a invadir, a la familia porque Katiuska ya había ingresado a estudiar leyes en la antigua "Universidad Mayor de San Francisco". Lo peor era que, aunque en aquellos años la educación en una universidad estatal todavía estaba al alcance de los más pobres, de todas maneras la familia no se podía dar el lujo de una derrota de esta naturaleza. Ello significaba esperar todo un año hasta el siguiente examen de admisión y todavía quedaba la duda si ingresaría.

La muerte de su padre y luego el fallido examen de admisión fueron demasiado para Pepín, que en los albores de su juventud saboreaba la amarga sensación del fracaso y el desamparo. Por eso su madre Delfina se preguntaba si todo esto no había rebasado los límites de tolerancia de su querido hijo y quizás, su suerte estaba sellada y jamás lo vería convertido en un profesional. Muchas noches pasó sin poder conciliar el sueño, pensando si acaso Pepín sería un obrero más o tal vez, un desocupado, perpetuándose en su familia el círculo vicioso de pobreza y más pobreza. La inopia fue lo normal en la vida de doña Delfina, jamás conoció lo que era tener una casa propia construida con material noble o un auto, aunque sea viejo ni mucho menos viajar al extranjero, como lo hacían los ricos, eso ni lo pensaba, eso era una utopía. Si ahora tenía un pedazo de terreno, fue por la valentía y el arrojo de su difunto Napo, que en paz descanse.

Por eso trabajaba sin reposo, porque en el fondo soñaba en prolongar su vida a través de sus hijos. Ella creía firmemente que podía, aun después de muerta, tener las mismas gratas vivencias de sus hijos, si estos eran gente educada y podían acceder a lo que ella nunca gozó. Creía que podría gozar de la modernidad de una casa con luz eléctrica y agua potable, reposar en los muebles de sala, comer con cubiertos, tener la educación para comprender las cosas que decían los políticos, que jamás las entendía o conocer otros países, como ella nunca lo haría. Sabía que todo eso se lograba estudiando y siendo profesional, para doña Delfina esto era muy tarde, pero no para sus hijos. Por eso trabajaba tan duro para que su Pepín y Katiuska sean profesionales y si Dios le daba vida, quería hacer lo mismo con sus otras hijas menores. A los de su clase social no les quedaba otro camino. La profesión era el único conducto para salir de esa pobreza pegajosa, que se le había adherido a la vida desde que vio la luz del mundo. Pero ahora todo era incertidumbre, Pepín había salido desaprobado y eso le tornaba incierto el futuro.

Sin embargo su felicidad retornaría inesperadamente, ya que pronto Pepín dio muestras que los golpes de la vida por más fuertes que fueran, lo podían herir pero no acabar. El podía levantarse, con más vitalidad y con más ilusión que antes. Es así como acto seguido decidió presentarse al siguiente examen de admisión de la UNI y le pidió a su madre que lo ayude a pagar la inscripción en la prestigiosa "Academia Ingeniería". Su madre gustosa aceptó y aunque esa semana tuvo que reducir el dinero para el mercado, logró lo suficiente para la matrícula.

Pepín tomó muy en serio sus estudios, tenía que escuchar clases cinco veces por semana durante cinco horas diarias, estudiaba por lo menos otras ocho y todos los sábados, asistía religiosamente a tomar sus prácticas calificadas en la academia. Aunque el curso duraba nueve meses hasta justo antes del examen de admisión, tres meses fueron suficientes para demostrar que él era sobresaliente en matemáticas. Sus notas de las prácticas y los exámenes, fueron excelentes y pronto fue nombrado asistente para ayudar a tomar las prácticas y los exámenes en la academia. A cambio de ello recibió media beca, que desahogó bastante el esfuerzo que su madre hacía para enfrentar dicho pago.

El joven Pepín estudió con tanto ahínco, que muy pronto se convirtió en una máquina de resolver problemas de aritmética, algebra, geometría y trigonometría y en menor intensidad, física y química, los cursos materia del examen de admisión. Resolvía docenas de ejercicios y problemas diariamente. Barrió literalmente con la existencia de libros de matemáticas en la Biblioteca Nacional y trataba de prestarse y comprar cuanto libro de matemáticas usado le parecía bueno. Llegado el examen de admisión, había resuelto tantos exámenes anteriores de esta universidad, que se sentía plenamente seguro que ingresaría y así sucedió, no solamente ingresó, sino que lo hizo en el primer puesto en el orden de mérito. La alegría fue muy grande en la familia, porque vieron que Pepín nuevamente volvía a ser la esperanza. Muy pronto empezó sus clases en la UNI como un cachimbo más, dividía su tiempo entre sus estudios y su trabajo en la "Academia Ingeniería", como jefe de prácticas.

Eran los años en que esta universidad tenía el prestigio de ser uno de los centros de enseñanza superior más estrictos del país, temido por sus exámenes de ingreso. Aunque ya existían ciertos grupos izquierdistas en su alumnado, particularmente entre los estudiantes internos que vivían en el campus universitario, la exigencia académica en esta institución superior, era de las más altas en el país. En general, esta universidad tenía buena calidad de servicios, sus salones eran adecuados, su biblioteca muy completa, contaba con una buena dotación de instrumentos para prácticas, sus laboratorios estaban bien equipados, el comedor de estudiantes superaba lejos al de otras universidades. Tenía inclusive varios buses que transportaban a los estudiantes hasta el centro de la ciudad.

Chapi que por aquel entonces también había terminado secundaria, aunque no prosiguió estudios superiores nunca perdió contacto con Pepin, por el contrario seguían siendo tan amigos como antes. Por ese tiempo Chapi empezó a trabajar en una fabrica de muebles y desde el inicio se mostró muy activo en el sindicato, siempre decía que su meta era ascender a la dirigencia sindical y condiciones no le faltaban.

Durante esta época se produjo una gran efervescencia social en el país, como reflejo de lo que ocurría en todo Latinoamérica. Todos los jóvenes estudiantes o trabajadores se sentían parte de ese movimiento que exigía cambios profundos en todos los países de la subregión. En el campo, los agricultores estaban invadiendo tierras y en las urbes, los sindicatos agitaban constantemente el ambiente político. Pero el huracán de ideas que recorrió la región por sus cuatro latitudes y cambió la vida de buena parte de la juventud de entonces, fue indudablemente la insurgencia del joven abogado cubano Fidel Castro. El idealista Castro en ese entonces, emergió para derrocar a la brutal dictadura de Fulgencio Batista en Cuba. Su fama llegó a todos los países del continente, dejando profundas huellas en los jóvenes, ansiosos de encontrar un líder transparente e idealista, que fuera una alternativa a la variopinta izquierda, que en décadas fue incapaz de liderar al país.

Rápidamente Pepín fue capturado por estas ideas y encontró en la UNI un ambiente propicio para ello. Allí conoce a Juvenal Rebollar, otro estudiante de ingeniería civil, que como él cursaba el primer año. Ambos trabaron rápidamente una estrecha amistad y una total comunidad de ideas, la misma que se iba delineando a través de largas pláticas que tenían sobre la situación del país y la esperanza que el fidelismo surja como una nueva ideología en el continente. Juvenal era un joven muy maduro y había leído bastante sobre cuestiones ideológicas, estaba al tanto de lo que ocurría en la Unión Soviética, en Estados Unidos y por supuesto, sabía toda la historia de Fidel, desde el ataque al cuartel Moncada en Cuba.

Es así como derivado de todo esto los tres amigos Pepín, Juvenal y Chapi deciden la formación de un grupo de estudio de los problemas nacionales. En ese entonces gobernaba el país Manuel Trado, en su segundo periodo, su régimen era desastroso. Si bien el aristócrata Trado había logrado el favor popular, de una población hastiada de ocho años de militarismo bajo el gobierno anterior del general Manuel Doria, pronto el desencanto se generalizó en toda la nación. Trado estaba llevando al país a una nueva crisis. Su falta de ideas para resolver los problemas nacionales y su carencia de energía, hacían de este un gobierno débil e inepto. El desempleo era creciente y la pobreza empezaba a crear focos de miseria en las ciudades más importantes, amenazando con extenderse a pasos agigantados en un futuro cercano. En el agro se multiplicaban las invasiones de los campesinos sin tierra, en las ciudades se generaban huelgas inacabables y para remate, ya surgían los primeros brotes guerrilleros en las serranías. Todo esto echaba más leña al ya caldeado ambiente político y los estudiantes universitarios, eran los primeros en las continuas protestas y manifestaciones, acompañando a los sindicalistas y a los que ya se sumaban algunas organizaciones campesinas.

Frente a esta situación Pepín y sus amigos fundan un grupo de obreros y estudiantes, donde se reunían periódicamente para debatir los diferentes problemas del país, así tocaron la reforma agraria, el problema de la vivienda que ya era agudo, la gratuidad de la enseñanza etc.; reuniones en las que presentaban muchas veces a conocidos líderes nacionales y expertos en la materia. Al principio asistieron a estas reuniones solo algunos estudiantes de la UNI y un puñado de trabajadores de "Piñonate" y el "Barrio Obrero", pero pronto se fueron sumando estudiantes de la "Universidad Mayor de San Francisco" y obreros de distritos cercanos. A los tres meses, el local institucional de la "Asociación de Pobladores de Piñonate", donde se efectuaban las reuniones, se llenaba de bote a bote con más de 500 personas.

El éxito político que estaban logrando era muy rápido y comenzaba a preocupar a los dirigentes de Piñonate, que empezaron a mostrarse renuentes a seguir prestando el local para fines, que decían nada tenían que ver con la barriada, sino eran de carácter político. Esto llevó a los tres amigos a discutir que hacer. Ellos no tenían dinero para alquilar otro centro de reuniones, pero si una extraordinaria motivación y un carisma colectivo, que les estaba ganando muchos adeptos rápidamente. Era entonces urgente discutir el problema y así lo hicieron muy pronto.

- Creo que hasta aquí llegamos con esto de las charlas y conferencias - dijo Juvenal, un tanto compungido - para mí ha sido una experiencia extraordinaria, pero ya no podemos seguir. La asociación se ha negado rotundamente a prestarnos el local de aquí en adelante y no creo que tengamos otro, ni el dinero para alquilarlo, así que esto se acabó.

- Si tienes razón - añadió Pepín - las reuniones han sido excelentes, nos han mostrado que somos capaces de movilizar gente con cierta facilidad y nos ha mostrado también, que podemos llegar a ser líderes de multitudes. A mi me gusta hablar en público, cuando más gente hay, más me entusiasmo. Pero ya no podremos seguir haciendo esto.

- Yo creo lo mismo - terció Chapi - yo gozo hablando en público. Estas reuniones han sido para mí una gran escuela y creo que también para muchos estudiantes y trabajadores, pero desgraciadamente hasta aquí llegaron.

Así se inició un largo debate que duro más de cuatro horas, sobre el que hacer a partir de ese momento. Al final, se fue perfilando el destino que les esperaba.

- Ahora es el momento de conocer el experimento cubano - afirmó rotundo Juvenal, saliéndose de repente del tema que estaban discutiendo.

- Fidel es un líder joven y honesto, creo que tiene grandes planes para su país. Por eso el siguiente paso es viajar a Cuba - propuso.

La idea de viajar a Cuba les cayó de sorpresa a los otros dos amigos, que por un momento enmudecieron y se quedaron pasmados, nunca se les hubiera ocurrido semejante cosa.

- Bueno tu idea me entusiasma. Conocer el experimento cubano sería extraordinario, pero nosotros tendríamos que dejar la universidad - dijo Pepín mirando a Juvenal, como preguntándole, ¿seremos capaces de dejarlo todo?

- Juvenal entendiendo el mensaje - afirmó - yo quiero viajar, salir de este mundillo estrecho, quiero conocer otros lugares, saber de otras experiencias y que mejor que la experiencia cubana y por ello, yo dejo ingeniería.

La contundencia de Juvenal y su seguridad plena de que estaba en el camino correcto, convencieron a Chapi y casi a Pepín, en este último dejó una estela de dudas e interrogantes y en efecto, tenía mucha razón para ello. El ya había obtenido logros importantes en sus estudios y de por medio estaba su familia, a quienes quería entrañablemente y todo eso ahora tenía que perderse. La decisión no era de ninguna manera fácil.

Pese a todo, al escuchar a Juvenal los ojos de los tres se iluminaron, reflejando un inusitado entusiasmo por la idea del viaje. Al fin y al cabo los tres estaban sedientos de aventuras y encima de ello, ansiosos de conocer a Fidel, un líder totalmente diferente a los políticos tradicionales. Por ello la idea no podía ser más atractiva.

Sin embargo, por algunos segundos Pepín permaneció en silencio, mientras los otros dos amigos discutían cómo hacer el viaje. En su mente se enfrentaron argumentos en pro y en contra. Por un lado pensaba en el tremendo sufrimiento que le causaría a su madre el abandonar la UNI, que tanto esfuerzo y trabajo les había costado a ambos. El era la esperanza de la familia y ahora dejaría los estudios para ir tras la loca idea de conocer la revolución cubana. Esto sería un golpe muy grande para doña Delfina. Pero la suerte ya estaba echada en pro del viaje, más pudo la locura por conocer el experimento cubano. Además, no había dudas que las ideas políticas por cambiar el país, sobre todo su injusticia y su pobreza, ya habían perforado profundamente la mente de Pepín y ello, era el caldo de cultivo fértil para este viaje. Por añadidura estaba el espíritu aventurero heredado de su padre. En efecto, don Napo fue conocido cuando joven como un trotamundos, un nómada, que por más de quince años se pasó la vida viajando por costa sierra y selva de varios países, hasta sentar cabeza finalmente en Piñonate. Pepín finalmente se convenció asimismo que debía viajar a Cuba, pero antes creyó oportuno hacer algunas salvedades.

- Una cosa si les advierto - dijo Pepín - viajaremos a Cuba, pero lo haremos por nuestros propios medios.

- Si Pepín — afirmó Juvenal - yo sé que se puede ir a la isla a través del partido comunista, pero yo tampoco quiero eso, nosotros no somos comunistas, ni ateos, ni materialistas como ellos. Los comunistas nos llevarían a Cuba, pero quieren que a cambio nos registremos en su partido y eso nunca.

- Claro, en eso los tres estamos de acuerdo - afirmó Chapi - nuestra ideología si bien es de izquierda, no es la comunista.

- Por eso viajaremos vía México - afirmó Pepín - quiero conocer la Universidad Autónoma. He escuchado que allí se enseña la carrera de economía que nosotros debiéramos estudiar, si queremos entrar en política, desgraciadamente aquí todavía no existe esa profesión.

Así siguieron debatiendo los beneficios de aquel viaje, sin embargo nunca surgió la pregunta de cómo viajarían a Cuba, si como turistas, estudiantes o inmigrantes, simplemente se decidieron a viajar y eso fue todo. Querían tener todo listo para viajar en tres meses. Para ese entonces ya Pepín y Juvenal habían pasado al segundo año de ingeniería, que lo comenzaron, pero que ya iban dejando de lado progresivamente, pues ya ni siquiera asistían a clases.

Sus cabezas estaban preocupadas solo y exclusivamente en, ¿cómo financiar el viaje a México? Había que juntar dinero para los pasajes en avión y llevar una pequeña bolsa de viaje para los primeros gastos, lo demás se suponía que Dios proveería, porque nunca se discutió. Para estos fines reunieron todos sus ahorros los cuales eran insignificantes, pidieron algún dinero a los parientes los cuales también resultaron ser muy pequeños. Por ello, debieron trabajar en lo que encontraban los días feriados, los fines de semana e inclusive hasta de noche.

Por su lado Pepín tenía problemas, no sabía como decirle a su madre su decisión de viajar al extranjero. Finalmente decidió aparentar que todo estaba normal y que se iba por unos meses a México, en un intercambio estudiantil. Jamás le dijo que estaba en realidad abandonando sus estudios de ingeniería. Doña Delfina le creyó, al fin y al cabo él nunca le había mentido y no había razón ahora para pensar que lo estaba haciendo.

Mientras tanto el problema financiero que tenían lo estaban resolviendo progresivamente. Fueron juntando sol tras sol, hasta tener financiado los pasajes de ida y vuelta al Distrito Federal en México. Para reunir el dinero de la bolsa de viaje hicieron varias rifas que resultaron rentables y decidieron efectuar un gran baile pro-fondos, con lo cual cerrarían con broche de oro su esfuerzo de recolectar dinero, pues ya faltaban pocos días para iniciar esta aventura.

Con tal fin alquilaron un amplio local en el distrito de Pueblo Libre, que en aquel entonces era una zona muy aburguesada, lo adornaron, alquilaron un equipo de sonido que en aquellos años era un aparato llamado "pick up", que usaba unos discos rígidos muy grandes, como de treinta centímetros de diámetro. Hasta ese momento se habían vendido casi la totalidad de los doscientos tickets que habían impreso y solo quedaron algunos que se comenzaron a vender en la puerta del local el mismo día de la fiesta, para los que llegaban tarde. Todo marchaba muy bien y estaba casi garantizado el éxito financiero de la fiesta. Ese día, mientras el baile ya había comenzado y ya no quedaron más tickets, llegaron a la puerta del salón dos jóvenes casi descamisados, armándose un áspero diálogo entre ellos y Juvenal, que estaba controlando la entrada al local.

- Oye zambo - dijo uno de los extraños - véndenos un par de tickets para tu fiesta.

- Lo siento ya no hay tickets, se acabaron, arriba está llenecito, no se puede admitir más personas.

- ¿Como que no?, ¿estas "huevón"?

- Te digo que no se puede, si regresan más tarde cuando algunos se han ido los podemos dejar entrar gratis.

- ¡No me jodas!, nosotros queremos entrar ahorita y ni tu ni nadie lo va a impedir.

- ¡Así que muévete de la puerta!

- Tú estás loco, ¡pasa!, ¡pasa!

- ¡Sal de allí mierda!

Ya Juvenal estaba tan furioso por la impertinencia de estos intrusos, que no contestó nada más, simplemente le propinó un tremendo puñetazo al más envalentonado, que lo hizo rodar por el suelo. De inmediato se abalanzó el otro sobre Juvenal y los dos empezaron a golpearlo. Chapi que había estado conversando unos metros más allá con un amigo, no esperó ser llamado para repeler a los intrusos defendiendo a su amigo, mientras otros corrieron de inmediato a llamar a Pepín, avisándole de la tremenda bronca que ya se había armado afuera. Pepín salió rápidamente e impuso la calma, tranquilizando a Juvenal que tuvo que ser fuertemente sujetado, para no continuar la pelea.

- Cálmate, cálmate "Juve" - le repetía Pepín a su amigo - acuérdate que esto no nos conviene, estos infelices no tienen nada que perder, nosotros si. Acuérdate que la fiesta tiene que continuar, ya todos nos han pagado y necesitamos este dinero.

Dinero era lo que buscaban, ahora esto era lo más preciado para concretar sus planes y eso fue lo que tranquilizó rápidamente a Juvenal.

Al final los intrusos resultaron bien golpeados, uno con el labio superior sangrando y el otro, con la camisa rota y la nariz bien magullada, optando por retirarse. Afortunadamente todo no pasó de ser una pelea sin mayores consecuencias y la fiesta prosiguió.

Días después llegaba la fecha del gran viaje, serían las diez de la noche en pleno invierno, una tenue garúa caía en forma persistente humedeciéndolo todo. Era ya hora de partir al aeropuerto internacional. Chapl ya se había despedido de su familia y estaba en casa de Pepín, solo lo acompañaba Tiodo, su gran amor, que estrujando un pañuelo blanco enjugaba sus lágrimas, antes de decirle adiós a su novio, quien le había prometido regresar a los seis meses para casarse.

Pepín por su parte se despedía de su madre y sus hermanas y también les prometía un pronto regreso. Más tarde se encontrarían con Juvenal, que ya estaba en el aeropuerto y juntos abordarían el avión de Aerolíneas Peruanas, que los llevaría en viaje directo al Distrito Federal en la ciudad de México. Era la antesala de su gran aventura fuera del país y en la mente de los tres amigos, se apilaban de repente las ilusiones de una juventud deseosa de encontrar nuevos caminos, para una generación golpeada por la pobreza, en un país que empezaba a mostrar señales evidentes de una gran agitación social.

Los tres ya se veían conversando con Fidel, asimilando sus experiencias para luego regresar y empezar una cruzada en los Andes. Chapi soñaba con iniciar el camino hacia una nueva "Sierra Maestra", para lograr la liberación de su patria de la pobreza y el atraso. Juvenal lo seguía y jugueteaban con estas ilusiones. Pepín callaba, como meditando si tanta osadía era solo fantasía o la senda lógica a seguir en los años venideros.

CAPÍTULO VI

EL GRAN VIAJE

Llegados al Distrito Federal (DF), el cambio de vida para los tres amigos fue total. Esta ciudad está ubicada a gran altura, allí llueve a cántaros y no es húmeda ni llena de nubes como en las ciudades costeras. Desde el inicio el clima les encantó, desgraciadamente al tercer día de llegados ocurrió un fuerte temblor que meció la ciudad como un bote en alta mar.

Los primeros días de su arribo fueron de paseos a los centros más atractivos como Xochimilco, la basílica de Guadalupe, la placita Garibaldi con sus tradicionales mariachis, el céntrico zócalo etc. Pero pronto se dieron cuenta que era necesario posponer los paseos, porque este no era un viaje precisamente para eso y además, porque el dinero disponible no aguantaría mucho tiempo a ese ritmo. Así que decidieron empezar buscando trabajo. Recordaron habían llevado la dirección de una agrupación de ayuda llamada "Los Aguiluchos de América", ubicada en una colonia en el centro del Distrito Federal y liderada por un hombre muy carismático y bondadoso, don Samuel Tinajeros, a quien fueron a buscarlo. Don Samuel los recibió muy amablemente, como solía hacer con todos los que llegaban solicitando su ayuda, generalmente jóvenes venidos de otros estados de la unión mexicana. Como resultado de esa visita don Samuel les dio hospedaje, ofreciéndoles además, ayudarlos a buscar trabajo a partir del siguiente lunes muy temprano.

Nunca se imaginó don Samuel en el lío que se metía, tratando de lograr un empleo para los recién llegados, pues ignoraba que sin documentos de residente y solo contando con una visa de turista, como la que ellos tenían, jamás lograrían un empleo aunque sea temporal. Es así como recorrieron infinidad de negocios de amigos y otros, que publicaban avisos en periódicos buscando trabajadores. Pero en todos la respuesta fue la misma, si ustedes no tienen residencia en México no pueden ser empleados, ni siquiera a tiempo parcial. Después de un mes de infructuosos esfuerzos don Samuel se rindió y lamentó que nada podía hacer para que lograran un empleo, lo único, dijo, puedo ayudarlos con algún dinero para que vuelvan a su país. Es así como los tres amigos aceptaron este ofrecimiento y se marcharon dejando atrás a los "Aguiluchos de América".

Pero muy por el contrario a lo esperado no se fueron del país, sino se internaron en un viaje por todo el Golfo de México que empezó en la hermosa ciudad de Veracruz, donde estuvieron casi un mes y afortunadamente conocieron allí a don Isaac, un peruano nacionalizado mexicano, que había logrado amasar una fortuna en la pesca. Llegó como timonel de bolichera y en menos de diez años ya tenía cinco embarcaciones y exportaba conchas de abanico y pescado congelado a Estados Unidos. Con él trabajaron durante tres semanas y aunque don Isaac les pidió muchas veces que se quedaran a trabajar, no aceptaron y siguieron rumbo al sur.

Así fue como bajarían en su recorrido hacia Yucatán cruzando Ciudad del Carmen, Campeche hasta llegar a Mérida. Esta ciudad captó de inmediato la admiración de los tres amigos, muy cálida, lluviosa en cualquier momento y llena de vegetación por todos lados. La gente aquí parecía uniformada, hombres y mujeres vestían de blanco y lo que más llamó su atención eran los carruajes alados por caballos para movilizarse por el centro de la ciudad. Aquí se quedaron por varios días averiguando como trasladarse a Cuba. Aunque México mantenía relaciones diplomáticas y comerciales con la isla no existía un medio de trasporte usual hacia allá, pues nadie viajaba a ella, salvo una que otra embarcación comercial, generalmente de pequeno tonelaje.

Pronto se enteraron que estaría próximo a salir hacia la Habana una embarcación comercial, llevando granos y medicamentos. De inmediato fueron a entrevistarse con el capitán de la embarcación que para su suerte, resultó ser un hombre sumamente generoso y amable. Por supuesto ellos nunca le dijeron que querían viajar para conocer la revolución cubana, sino que necesitaban urgentemente trabajar y le rogaron les diera una oportunidad. El capitán don Fernando, "Ferna" como le decían todos, aceptó emplearlos, más por compasión que por necesidad, porque tenía su tripulación completa y además, ya había notado que los nuevos marinos eran unos completos neófitos en estos menesteres.

Es así como el sábado siguiente se levantaron a las cinco de la mañana y se dirigieron al muelle, donde ya estaba la embarcación dando los últimos toques para su partida. Raudos subieron y se presentaron al capitán, quien les señaló su camarote y de inmediato sus tareas cotidianas a partir de la fecha. Juvenal y Chapi se encargarían de la limpieza de los pisos y baños y Pepín sería el nuevo ayudante de cocina. Por supuesto a ninguno de los tres les importó el tipo de trabajo que harían, sus mentes estaban ocupadas imaginando lo que encontrarían y verían en Cuba, la tierra soñada por la juventud de aquellos años.

Así transcurrió el viaje casi sin sentirlo y pronto verían su embarcación acoderando en el puerto de la Habana, casi de madrugada. Apenas llegados, el capitán reunió a toda la tripulación y entre otras cosas les dijo, que estaban en un país muy diferente a los otros y que por ello, descargarían ese día y tendrían libre el siguiente. Pero les advirtió que todos deberían regresar a más tardar a las 6 de la tarde, porque el barco zarpaba a las 7 de la noche y si alguien no llegaba a esa hora, quedaría varado a su suerte.

- El problema es – dijo el capitán – esto no es Perú, ni México ni ningún país como los nuestros, aquí si alguien no es cubano o no tiene la documentación correcta, puede ser acusado de espía y terminar en la cárcel o quizás en el "paredón".

- Así es que están advertidos, yo no haré ninguna gestión especial por nadie, el que se queda lo hará bajo su absoluta responsabilidad - sentenció finalmente.

Al día siguiente muy temprano toda la tripulación abandonaba la nave y con ellos los tres amigos, estos jamás tomaron en serio las advertencias del capitán. Tampoco pensaron que iban a hacer una vez en tierra, simplemente caminaron presurosos hacia el centro de la ciudad, como si estuvieran haciendo turismo, engolosinados y comentando entre ellos, que esta era una tierra de libertad y justicia para todos. Es así como dejando atrás el puerto recorrieron presurosos media ciudad, pasando por el castillo del Moro, las calles Martí, Mercaderes y el Parque Central, hasta llegar al mismo Capitolio.

Pero el entusiasmo se les fue desvaneciendo progresivamente conforme el cansancio los iba capturando, habían caminado en su premura por conocer la ciudad más de cuatro horas y aunque en su recorrido vieron una urbe limpia, todo era muy diferente. Se notaba de inmediato una enorme sencillez y una ausencia de lujo en todo. Casi no había carros finos y eran muy pocos los vehículos nuevos y los pocos que transitaban eran europeos, eso si, se apreciaba un gran fluido de autobuses de transporte público. La otra diferencia era que casi no vieron restaurantes o tiendas donde comprar algo y por supuesto, no había comerciantes ambulantes. Evidentemente la informalidad no existía. Todo esto contrastaba con el bullicio propio de nuestras ciudades.

Ya sería casi medio día cuando cansados, hambrientos y sedientos encontraron finalmente un restaurante, allí pudieron reposar y recuperarse del largo trajinar. Todo hubiese resultado normal, sino fuera porque casi cuando terminaban de comer, entraron dos policías al establecimiento y directamente se dirigieron hacia ellos.

- Señores, buenas noches, necesitamos ver sus documentos - dijo uno de ellos.

- ¿Hemos hecho algo inapropiado o ilegal? - preguntó Juvenal.

- Eso lo veremos en un momento respondió el segundo policía.

De inmediato los tres jóvenes abrieron sus maletines que traían y extrajeron sus pasaportes.

- ¿Uds. Están acá en calidad de...? - preguntó a medias un policía.

- Turistas – interrumpió Pepín.

- Bien, pero no veo la visa de turista de Cuba de ninguno de Uds. – sentenció el policía mientras fojeaba los tres pasaportes.

- Bueno... es que llegamos en un barco carguero - titubeó Chapi

- ¡Ah!..., Uds. son polizontes, sino tienen visa han entrado ilegalmente al país – dijo el otro policía, dejando perplejos a los tres amigos, que se quedaron mudos mirándose entre si, sin saber que hacer.

- Señores, quedan detenidos en este momento. ¡Manos atrás! – les indicó y acto seguido los tres fueron inmediatamente esposados, quedando así detenidos.

Nunca se imaginaron que ese sería el recibimiento en la Cuba libre, que tanto quisieron conocer. Ahora eran llevados presos y ni siquiera había estado un día. Habría transcurrido media hora, cuando les ordenaron bajar de la camioneta cerrada donde fueron transportados a las oficinas de la policía. Inmediatamente se les condujo a paso acelerado por un pasadizo, que los llevaría a una sala sin ninguna ventana. Dentro de ella había una mesa, varias sillas y una lámpara que parecía un reflector. Allí esperaron más de media hora, mudos mirándose las caras sin pronunciar una sola palabra.

- Buenas tardes caballeros – saludó un militar que entró intempestivamente.

- Yo soy el capitán Roque, tendremos una pequeña charla para revisar la situación de Uds.

Nuevamente los tres amigos mostraron sus pasaportes y trataron de explicar su situación, como habían venido y realmente su propósito al llegar a ese país.

- Miren jóvenes - les dijo el capitán después de escucharlos - yo quisiera creerles pero la cosa no es tan fácil. Nuestro país está prácticamente en guerra con Estados Unidos y aquí llega mucha gente que dicen querer conocer la revolución por dentro, pero resultan siendo espías norteamericanos y lo peor es que no son "gringos", sino en su mayoría latinos como Uds., por supuesto bien pagados por los "gringos". Así que saber realmente a que han venido, nos tomará mucho más tiempo que esta simple entrevista.

- Bueno, no sé como probarles que decimos la verdad – dijo Pepín intercediendo en su defensa – pero aquí por ejemplo tenemos nuestros certificados de estudios de la Universidad de Ingeniería, que felizmente los traemos.

- Este es, a propósito, mi carnet universitario y esta mi partida de nacimiento, por si acaso.

Lo mismo hizo Juvenal, tratando de convencerlos que decían la verdad. Así estuvieron más de dos horas, entre interrogatorio, preguntas y repreguntas. Al final habian contado lo que hacian, sus inquietudes políticas en las aulas universitarias y todo el periplo hasta llegar a la Habana.

Después de este prolongado interrogatorio el capitán Roque, se paró y dio por terminado la reunión.

- ¡Llévenlos a su celda! – ordenó – empezaremos mañana las investigaciones del caso. Pero antes de dejarlos les advirtió.

- Miren jóvenes, si Uds. me han dicho la verdad no les pasará nada, pero si me han mentido y comprobamos que son espías les esperan 50 años de cárcel o tal vez el paredón, porque aquí no perdonamos a las ratas. ¿Me entendieron? y diciendo esto se marchó.

Diez días íntegros convivieron los tres en su pequeña celda, sin tener ni la menor idea de cual sería su suerte. Por supuesto aquí no había la típica llamada al abogado para que los defiendan, solo debían esperar paciente y calladamente, que los revolucionarios decidan su suerte.

En aquel entonces era el inicio de la década sesenta, la Revolución Cubana se había producido hace tres años y ya Cuba se había declarado socialista. Ya se habían nacionalizado empresas y bancos y estaban en pleno funcionamiento los "Comités de Defensa de la Revolución" y también el racionamiento, porque muchas cosas comenzaron a escasear, debido al embargo impuesto por Estados Unidos. Pero en particular ese año, el problema grave era la crisis de los misiles soviéticos. En efecto, Rusia había armado misiles "R-12" en Pinar del Río, apuntando a Miami y esto, había enardecido a los norteamericanos. Toda esta situación amenazaba con transformarse en la peor crisis internacional y bélica de las últimas décadas. Así las cosas, la política internacional estaba candente y al interior de Cuba había un gran nerviosismo y veían espías por todos lados. No cabía duda que el trío de amigos había llegado en el peor momento, en el lugar y el tiempo equivocados. Así lo empezaban a entender.

En los días que estuvieron encerrados recibieron diariamente charlas sobre como estaba la situación política en Cuba y cuales eran sus más graves problemas. También se les permitió pasar al llamado "salón de conferencias", una sala amplia donde se reunían los presos para escuchar la televisión del Estado, con noticias del país, los discursos de Fidel y una que otra película antigua.

- Oye Pepín — preguntó Chapi - ¿tu crees que nos fusilen por creernos espías?, esa si sería una burla de la vida.

- Si, venir a morir justo al sitio donde creímos era el país que soñamos, ¡que ironía! — contestó Chapi.

- No creo — insistió Pepín — no sé, pero tengo una fe absoluta que nos dejarán libres. Lo sé, porque no me siento preocupado, creo que esto pronto pasará.

Estaban así conversando, cuando de repente fueron interrumpidos por un guardia que abrió la puerta de la celda abruptamente.

De pronto apareció un sargento que ordenó, señalando a los tres amigos - rápido, manos atrás — luego los esposó, cubriéndoles los ojos con vendas y los llevaron atados en fila, jalados por un soldado a paso apresurado.

Pepín, Juvenal y Chapi quedaron mudos y aterrados, volcándose en sus mentes la fija idea que sus suertes estaban echadas y ahora eran llevados al "paredón" para ser fusilados. Nunca imaginaron este final. En unos instantes pasaron por sus mentes imágenes de cómo les disparaban y cómo caían bañados en sangre uno tras otro, víctimas de la insanía revolucionaria.

Tras cinco minutos caminando, se escuchó la voz del capitán que al verlos gritó, ¡hey!, ¿A dónde llevan a estos presos?

- A la torre mi capitán – le contestó el soldado – deteniéndose de inmediato.

- No, no, espere, estos no, a los que debe llevar es a los "pochos" (méxico-americanos), luego exclamó – !que bruto!, casi comete un gravísimo error.

- Acto seguido les quitaron las vendas y de inmediato el capitán les comunicó la decisión. El solo haber detenido al soldado, les volvió el alma al cuerpo a los tres amigos, sintiendo un alivio indescriptible, como jamás lo experimentaron en sus vidas. En realidad no exageraban, casi son ejecutados por error.

- Muy bien señores – les dijo el capitán - hemos averiguado a fondo la situación de Uds., con nuestros compañeros en México y en su país y creemos que no representan una amenaza para nuestra patria. Nuestros camaradas tienen una buena impresión de Uds. por su preocupación social, sin embargo, lamentan que no se hayan registrado en el "partido".

- A pesar de todo no los podemos dejar libres en Cuba, porque ustedes no son turistas, ni están en el partido, así que serán expulsados hacia México hoy día mismo, tenemos una nave que sale esta noche. Pero métanse en la cabeza, no vuelvan, aquí no los queremos, no nos den más trabajo del que ya tenemos. Si por desgracia regresan, ya saben, los acusaremos de terroristas y serán fusilados.

- ¡Sargento Ramírez! – vociferó el capitán a continuación – lleve a estos extranjeros a la nave Vallarta, aquí está toda la documentación, ellos están expulsados del país.

- ¡Si capitán! - respondió el subordinado y de inmediato partieron hacia el puerto acompañados de dos policías más.

Ya en el barco se dieron cuenta que no eran los únicos expulsados, había más de una docena, todos jóvenes y de diferentes naciones latinoamericanas.

Llegados a México se les anunció que habían anclado en Veracruz y que serían llevados a la fiscalía de inmediato. Afortunadamente en la fiscalía se les avisó antes de llevarlos a la carceleta, que si querían llamar a sus abogados lo hicieran en ese momento. Fue así como Pepín de inmediato, aprovechó para llamar a don Isaac, el amigo peruano que los había ayudado anteriormente, por suerte estaba en casa y rápidamente puso a disposición de los muchachos su abogado.

No se preocupen - les dijo - aquí yo soy dueño de medio Veracruz y "peso" mucho, esto lo arreglo rápido y dicho esto, llegó a la fiscalía en media hora acompañado de su abogado.

Don Isaac realmente "pesaba", los sacó de inmediato libres e inclusive, regularizó sus pasaportes en los días siguientes y por supuesto les dio empleo, al fin y al cabo le interesaba tener gente muy despierta e instruida como ellos. Así pudieron empezar a vivir nuevamente en Veracruz sin mayores apremios, trabajando muy duramente por semanas, pero lo hacían con gusto, por un hombre que desde el principio fue generoso con ellos.

Un día Chapi les dice a sus amigos - he conocido a un "chilango" muy buena gente, un tal Jesús y saben, me dio el teléfono de una mujer que juega las cartas, ¿quieren ir?, ella está por acá cerca.

Pepín se miró con Juvenal como preguntándose, ¿y a este, que bicho raro le pico? Ellos nunca habían tocado este tema y aunque no lo consideraban como creencias absurdas, preferían ignorarlo. Pero ante una pregunta directa de Chapi decidieron aceptar, más por curiosidad que por verdadero interés de creyentes.

- Claro que sí, vamos – respondió Pepín – ¿tienes la dirección?

- Si la tengo - ¡vámonos!

Vicky era el nombre de la curandera y adivina, la síquica más famosa del puerto, una mujer regordeta y alta, de voz pausada pero muy enérgica. Para verla tuvieron que esperar casi una hora mientras terminaba con otros clientes. Finalmente allí estaba, vestida con una túnica morada, sentada frente a una mesa a la luz mortecina de algunas velas.

- ¿Cómo están jóvenes?, ¿quien los manda? – preguntó Vicky.

- Jesús, el gordito que trabaja en la pesca – respondió Chapi.

- Ah, el "chilango", él es mi ahijado, ¿saben?

- Bueno, no me digan nada - prosiguió Vicky - primero tengo que recorrer sus vidas y luego atenderé sus pedidos y dicho esto, empezó a entonar un sonsonete que más parecía una larguísima queja que una canción. Hacía esto al mismo tiempo que invocaba a su espíritu preferido, Yangali. Por momentos apuraba un trago de una bebida que tenía a su lado.

Los tres amigos la miraban, al principio con curiosidad por el trance en que parecía entrar. Pero de la curiosidad su actitud pasó a la sorpresa, cuando escucharon lo que ella decía. Vicky empezó como recitando, muy breve pero en forma precisa, el pasado de los tres.

- Uds. son del país de las llamas y las vicuñas, donde brilla la belleza de Macchu Picchu. Dos de ustedes estudiaban una profesión con mucha matemáticas, el otro, trabajaba la madera. Veo que les gusta la política y llegaron aquí con la ilusión de conocer la isla de Cuba, pero que malo, porque no conocieron casi nada de ella. Veo en sus mentes mucha confusión y desencanto.

- Luego intempestivamente preguntó - ¿Quieren conocer el futuro que les espera?

Los tres que se habían quedado sorprendidos por lo certera que había sido al describir su pasado en unas pocas palabras, se apuraron a decirle, ¡si por supuesto que sí!

- Vicky de inmediato tomó sus cartas, las barajó y comenzó a jugarlas. Empecemos contigo — le dijo a Chapi, preguntándole su nombre de pila.

- Mmm….. esto de arranque lo veo bien - murmuró Vicky - aquí tienes un rey de copas que significa éxito, triunfo sobre todos tus problemas. Volverás a tu país y seguirás en la política, te veo rodeado de mucha gente. Te casarás en menos de dos años y tendrás cinco hijos, una de las cuales será una mujercita. Te veo una larga vida y comodidades. Serás un gran líder.

- Veamos ahora al morenito, tu nombre y fecha de nacimiento por favor — preguntó Vicky.

- Juvenal Revollar, nacido el 15 de Octubre de 1941.

Luego rápidamente barajando las cartas las tiró y le pidió que sacara tres y las miró. Mientras tiraba nuevas cartas y seguía hablando.

- Juvenal regresarás a tu país para estudiar otra profesión. Te veo un futuro brillante en política, serás encumbrado a las más altas esferas de tu país, desgraciadamente nunca te casarás, ni tendrás hijos aunque si muchas mujeres. No amasarás fortuna pero si al cariño de tu pueblo, vivirás muchos años.

- Le toca ahora al blanquiñoso, ¿tu nombre y día de nacimiento? – preguntó Vicky.

- Pedro Makiel, pero todos me dicen Pepín, nací un 19 de Diciembre de 1940.

- Bien Pepín, veamos que tenemos para ti.

- Tú también regresarás a estudiar otra profesión. ¡Oh!, ¡que pena!, veo que sufrirás mucho en tu país en los años que vienen, inclusive persecución y cárcel.

- Pero veo que pronto sales libre, aunque veo muertos, muchos muertos. ¡Que extraño! Veo también que viajarás a tierras extrañas nuevamente, por largo tiempo y serás brillante en tu profesión. Pero después volverás a tu país y resurgirás como el ave fénix de sus cenizas y serás dos veces coronado. Tendrás así un triunfo extraordinario sobre tus enemigos. Serás admirado y querido por tu pueblo, te casarás y tendrás dos hijos. Serás hombre de una sola mujer, pero no veo tus días postreros, ¿que raro? Diciendo esto dio por terminada la consulta.

Esta sesión con la consejera espiritual Vicky los dejó en general con un gran optimismo, aunque Pepín quedó con un sabor agridulce, por el extraño vaticinio. No podían creerle a pie juntillas lo que les dijo, pero tampoco podían echar en saco roto su visión. ¿Como hacerlo?, si Vicky les había virtualmente adivinado el pasado en pocas palabras, sin haberlos visto jamás y lo peor, sin que ellos le contaran a Jesús, el ahijado de Vicky ni a nadie su pasado. Pero pronto olvidarían las cartas y seguirían su rutina.

Mientras tanto en Lima, Katiuska proseguía sus estudios de leyes en la "Universidad Mayor de San Francisco". Ella era una joven muy estudiosa pero muy inclinada a tener muchos amigos, conocía a casi todos en la Facultad de Derecho y muy pronto se enamoró perdidamente de un joven que estudiaba Biología, llamado Miguel Angel.

Así transcurría el tiempo, Pepín y sus amigos ya habían cumplido casi 10 meses viviendo en México, sus extensiones de visas de turistas se les terminaba y además, se dieron cuenta que así no estaban avanzando absolutamente nada en sus propósitos y planes futuros. Se sentían como estancados. Muchas veces discutieron el tema, llegando a la conclusión que tenían que volver a su país e inmediatamente empezar estudios de economía, eso era lo que necesitaban emprender si querían realmente dedicarse a la política.

Fueron Juvenal y Chapi quienes partieron de regreso primero, al cabo de casi diez meses de haber dejado el terruño patrio. La misión de Juvenal era de inmediato hacer el trámite de transferencia de la "Universidad de Ingeniería" a la "Universidad Mayor de San Francisco", en la Facultad de Ciencias Económicas, que ya había aperturado su Departamento de Economía. Ellos ya sabían que no tendrían que dar examen de admisión, viniendo de un centro superior de tanto prestigio como la UNI. Es así como muy pronto Juvenal, dio la buena nueva que ya habían aceptado la matrícula de ambos y empezarían clases el siguiente primero de Abril. La noticia cayó como maná del cielo para Pepín, que ya estaba preocupado por la pérdida de casi un año en tierras extrañas. Por su parte Chapi, también se alegró mucho de la suerte de sus compañeros y aunque el no iría a la universidad, sino a trabajar en su especialidad de carpintería, se alegraba que sus amigos reinicien su camino hacia el logro de una profesión.

Era casi fines de marzo cuando Pepín hacía maletas para regresar a su patria, no sin antes despedirse de don Isaac agradeciéndole por la inmensa ayuda que significó para ellos, en los momentos más difíciles de su vida.

Ya en el avión de Aerolíneas Peruanas, dejaba atrás el sueño loco de conocer Cuba y las aventuras de recorrer México. En realidad nunca conocieron por dentro la Revolución Cubana e inclusive, llegaron al convencimiento que aun permaneciendo en Cuba tampoco hubieran entendido realmente este movimiento social. Evidentemente les faltaba el conocimiento de cómo funcionan las economías, ¿que es realmente el capitalismo y el socialismo?, ¿cuales son los pro y contra de cada uno? Reconocían que una cosa es escuchar lo que la gente dice, aun lo que dicen los noticieros o los políticos y otra muy diferente entender la realidad.

Pero en la mente de Pepín se apiñaban también otras interrogantes sobre su futuro y más precisamente le inquietaba su destino. En realidad él nunca gustó de la carrera de ingeniería pero igual entró a estudiarla, por la presión de sus padres, para luego abandonarla y partir en su locura hacia Cuba. Por más que lo pensaba y repensaba, nunca supo como tuvo el coraje para dejar su carrera, su familia y su país y partir a lo desconocido. Lo único que ahora se le ocurría era, que su destino ya comandaba su vida y había que aceptarlo. Pero en este caso, él estaba satisfecho, a pesar de haber perdido un año en su aventura valió la pena, porque conoció México y además se convenció que era un absurdo viajar a Cuba, como lo hicieron. En realidad no sentía que su destino le era impuesto, por el contrario lo recibía con satisfacción, particularmente con el retorno a su país y el inicio de sus estudios de economía, que tanto le intrigaba.

CAPÍTULO VII

LOS LÍDERES EN ACCIÓN

El avión de Aerolíneas Peruanas aterrizó muy temprano. Serían como las seis de la mañana cuando Pepín tocó la puerta de su casa en Piñonate. Se demoraban en abrir y la impaciencia carcomía sus nervios. Aunque él siempre se había comunicado con su madre, le quedaba aun la preocupación que tal vez algo no estaba bien en casa. Finalmente doña Delfina abrió lentamente la puerta, preguntándose quien podría ser a tan temprana hora y casi se desmaya al ver allí parado a su hijo amado.

- Madre querida, ¿Cómo estas? — exclamó Pepín emocionado, al verla.

- ¡Hijo mío!, ¡te hemos extrañado tanto!

Se abrazaron por un largo rato. Doña Delfina lloraba en silencio apretando contra su pecho a su único hijo, mientras él le acariciaba su cabello ya cenizo.

- ¿Cómo están todos por casa, mamá?

- Todos bien hijo. No sabíamos de tu llegada Pepín. Nos hubieras escrito que venías hoy, para prepararte algo especial.

- No te preocupes mamá, que más especial que verte a ti y a mis hermanas. Estoy realmente feliz de volverlos a ver a todos nuevamente.

- Hola Pepín – interrumpió Katiuska que de repente se apareció recién levantada - ¿Cómo has estado hermano?, te extrañamos horrores.

- Yo también hermana. ¿Donde están Picota, Salo y Sole?

- Dormidas, ¿las despierto?

- No, no lo hagas déjalas, más tarde las veré. Al fin hoy pasaré todo el día en casa, tengo que preparar todo para mañana que retorno a la universidad.

- Cuéntanos Pepín, ¿Cómo lo pasaste en México? – dijo Katiuska jalando a su hermano a la mesa del comedor, mientras doña Delfina se aprestaba a preparar el desayuno.

Luego entablarían una larga plática, contándose ambos lo que pasó cada uno durante el año que estuvieron separados. Más tarde se despertarían las otras dos hermanas y todos desayunaron, entre bromas y juegos como solían hacerlo desde antes, prometiéndose no volver a separarse. Semanas después Pepín y su familia volvían nuevamente a su vida anterior entre la universidad, el trabajo a medio tiempo que ya tenían él y Katiuska y los quehaceres en la casa de Piñonate.

Corría el año 1963, ya Pepín y Juvenal eran asiduos asistentes a sus clases de Economía. Pepín era de esos alumnos muy sobresalientes, intervenía constantemente en las clases y se le notaba un conocimiento fuera de lo común, especialmente en los cursos que contenían algo de matemáticas, por sus estudios previos de ingeniería. Fue en este año que conoció a May Lin, una jovencita estudiante también de Economía e hija de padre asiático. "Mayli" como a él le gustaba llamarla, era una joven alegre alta y "curvilínea", como se solía decir en aquellos tiempos a las chicas con cintura delgada, caderas generosas y pechos notorios, aunque no pronunciados ni ampulosos. Por lo demás, May Lin era una joven muy recatada, gustaba de vestir con moderación y tal parecía que trataba de esconder sus encantos.

Ella desde el principio congenió con Pepín y vieron así nacer un tierno amor de juventud, que fue fortalecido por la comunidad de ideas que ambos abrazaban en el ámbito estudiantil y político. Durante su vida universitaria, disfrutaron como dos jóvenes que se tenían un amor sincero y duradero, no los unía una pasión loca y efímera como a otras parejas jóvenes, que al final se separaban; sino un sentimiento de paz y regocijo que sentían cuando estaban uno al lado del otro. Esta quizás fue una de las razones que los mantuvo juntos hasta que unieron sus vidas en matrimonio años después. Muchos fueron los días que pasearon, vieron alguna película o disfrutaron en una fiesta con sus colegas de la universidad.

Fue en el segundo año de estudios cuando Pepín entró de lleno en la política estudiantil, al decidirse a candidatear para delegado ante el Consejo de la Facultad de Ciencias Económicas. Un cargo muy importante, porque en este Consejo se tomaban las decisiones sobre nombramiento y retiro de profesores, modificación de los programas de estudios, requerimientos para graduarse, puntaje mínimo para ser admitido en la Facultad, contratación de personal entre otros.

Pepín y Juvenal en ese entonces, ya se habían hecho de un sólido prestigio en la Facultad como excelentes alumnos y también, como líderes preocupados por los problemas estudiantiles y conocedores de la problemática nacional.

En aquellos años, ambos dirigían la revista "El Confidente", que todos leían porque tenía las primicias en materia de idilios entre los estudiantes, conquistas, desaires, traiciones e inclusive, los "destapes" cuando sorprendían alguna pareja haciendo el amor en lugares inesperados. Pero además, esta revista tenía noticias serias en materia estudiantil y artículos de fondo. Por una u otra razón este mensuario se hizo muy conocido, circulaba alrededor de toda la facultad e inclusive en otras especialidades. Justo aprovechando esta popularidad ya habían fundado un movimiento estudiantil que denominaron "Centro de Estudiantes Radicales" (CER), con el objetivo de borrar de las aulas universitarias la politiquería, la corrupción administrativa, el manoseo de las notas y la mediocridad, hacia la que se deslizaban varias facultades, entre ellas la de Ciencias Económicas. En efecto, en estos tiempos esta escuela era totalmente dominada por el partido "Alianza Revolucionaria" (ARE). Agrupación política uno de cuyos objetivos era penetrar en las universidades del país para dominarlas.

En el ámbito estudiantil los "aristas" habían formado el ARE "Alianza Revolucionaria Estudiantil", la cual había logrado afiliar a gran parte del estudiantado. El problema con el ARE radicaba en que sus dirigentes apoyaban a las autoridades y profesores aristas a mantenerse en sus cargos, al margen de sus capacidades, el único requisito era ser afiliado a su partido. A esto se oponían Pepín y sus amigos, porque en el caso de Ciencias Económicas existía un plantel docente pésimo, que mantenía a la Facultad en una mediocridad académica clamorosa. En adición, se practicaba una descarada manipulación de las notas, en las que estaban involucrados los dirigentes del ARE y las autoridades de la Facultad. Manipulación que usaban para captar nuevos adeptos aristas entre los estudiantes. Contra esto estaba el CER que exigía acabar con el manoseo de las notas, modificar los programas de estudios hacia cursos con mayor nivel, contratar profesores más capaces y establecer una estricta aplicación del mérito a todos los alumnos por igual, al margen de su filiación política. Esta era la base de su campaña electoral que ya se iniciaba.

Dos días antes de las elecciones estudiantiles Pepín se quedó conversando hasta tarde en su salón, con un puñado de amigos, quienes al término de la tertulia se marcharon dejándolo solo, mientras recogía sus libros que había dejado desperdigados. En los siguientes minutos Pepín abandonaba su salón y cruzaba rápidamente el patio de la Facultad de Derecho, que estaba antes de la puerta principal de la vieja casona universitaria. De pronto fue intempestivamente interceptado por un grupo de individuos liderados por el voluminoso gordo Yon, un tipo regordete que estuvo primero como estudiante de Contabilidad y después de Economía, sin saberse realmente cual era su verdadera situación académica, porque nunca se le veía en clases. Este sujeto era uno de los matones del ARE y gustaba de usar la fuerza para atemorizar a sus rivales, de preferencia en época electoral. Allí estaba Yon, en su medio haciendo lo que mejor sabía, propinar golpes y atacar a mansalva. De pronto sin mediar preámbulo Yon lanzó un cadenazo contra Pepín, que este apenas esquivó, evitando le caiga de lleno en la cabeza.

- ¡Rojimio desgraciado!, ¡ahorita te muelo a cadenazos, carajo! – gritaba Yon mientras blandía su cadena contra Pepín una y otra vez.

Pepín por su lado corría tratando de protegerse con los arbustos y las columnas del patio. Se había armado rápidamente un tremendo alboroto, porque los amigos de Yon gritaban animando a su jefe. No pasarían dos minutos que de repente ingresaron alrededor de una docena de estudiantes, que estando afuera de la universidad habían escuchado el griterío en su interior, interviniendo de inmediato en defensa de Pepín. Pero llegaron algo tarde, porque ya se le veía sangrando profusamente de un lado de la cabeza, rápidamente fue rodeado por sus amigos que lo sacaron llevándolo a emergencia. Afortunadamente nada serio había ocurrido, la herida fue ocasionada cuando el cadenazo apenas le rozó la cabeza y aunque no impactó de lleno, si le abrió una herida con un notorio sangrado. Serían las 9 de la noche cuando Pepín ya había sido vendado y se disponía a marcharse a su casa, pero sus compañeros de inmediato lo detuvieron.

- Espera – le dijo su fiel amigo Romaña - vamos a hacer que el tiro les salga por la culata a estos aristas desgraciados, a ver si así aprenden a no usar la fuerza bruta.

Dicho esto, Julio Sandi que era otro de sus fieles seguidores – dijo, vamos al diario "El Comercio", allí tengo un periodista amigo con quien estuve el sábado pasado. Todos aceptaron como una buena idea sacar algo en los diarios y se acomodaron rápidamente en el poderoso "Lázaro", antiguo pero bien cuidado Dodge de los años cincuenta, propiedad de Romaña, dirigiéndose hacia el "Comercio". Pero antes, por sugerencia de Julio Sandi detuvieron el carro en una farmacia. Allí compraron vendas y cinta adhesiva de tela y encargaron a May Lin aumentar el vendaje. Ella que apenas había llegado, al enterarse de lo ocurrido, se encargó de Pepín. Encima del vendaje que tenía lo vendó aun más, haciendo más pronunciada la herida en la cabeza. Así se marcharon.

Al otro día "El Comercio", el periódico más antiguo del país, el más serio y respetado por todos y a propósito, tradicional opositor del ARE, publicaba en primera página una foto de Pepín con el titular, "Ataque artero de la banda del ARE en las aulas San Franciscanas" y las declaraciones de la víctima, acusando directamente a Yon por su vandálico acto. Pronto los del CER sacaron miles de copias de esta noticia e inundaron la universidad.

Frente a esto las autoridades universitarias no tuvieron otra salida que condenar el ataque arista, aunque a regañadientes, prometiendo efectuar una exhaustiva investigación que por supuesto se perdió en el olvido.

Esto quizás fue lo que definió las elecciones y dio el triunfo a la oposición en la Facultad de Ciencias Económicas, resultando elegidos Pepín y otros estudiantes no aristas. Por primera vez en años estos perdían una elección y con ello, tuvieron que permitir la entrada de los nuevos líderes opuestos al statu-quo en la dirección de la Facultad. El triunfo trajo gran alegría a los miembros del CER, sin embargo dejó un sabor agridulce a Juvenal que había manifestado su deseo de candidatear al Consejo en lugar de Pepín, pero el grupo no lo apoyó.

Durante su gestión Pepin logró cambios muy importantes en la Facultad, desde la contratación de profesionales prestigiosos, el respeto absoluto a las notas, la rigurosidad y reserva total en los exámenes, hasta la mejora sustancial de la biblioteca con la adquisición de lo más reciente en publicaciones de la especialidad, tanto en libros como en revistas de Economía de diversas partes del mundo.

Al año siguiente se convocaba a elecciones para Secretario General del "Centro Federado de Ciencias Económicas" y nuevamente el CER llevó el nombre de Pepín, como candidato y ya se hacían preparativos para la campaña.

Pero esta agrupación estudiantil a pesar de sus triunfos no era una unidad monolítica, empezaban a surgir algunos brotes de desencanto y ambiciones escondidas, promovidas por Amadeo, un estudiante de economía y también dirigente del CER, así se le escuchó decir:

- Oye Juvenal, ese Pepín como jode, siempre te corta la oportunidad de candidatear, yo creo que tú harías un mejor papel dirigiendo el Centro Federado.

- No sé, Amadeo — contestó Juvenal un tanto tristón — la verdad es que me hubiera gustado candidatear, pero al menos seré delegado al Consejo de Facultad, él tiene mucho carisma y la gente lo prefiere.

- De todas maneras tenemos que apoyarlo – añadió.

- Claro, sin duda – contestó Amadeo apretando los dientes como queriendo rebelarse.

Es así como vuelven a ganar estas elecciones y capturan la dirección del Centro Federado de Estudiantes de Ciencias Económicas. Desde allí consolidaron los logros que ya habían iniciado el año anterior y empezaron otros.

A estas alturas los estudiantes radicales estaban en el camino del éxito y ahora se preparaban para competir por la presidencia de la "Federación de Estudiantes de San Francisco" (FESF), que era paso obligado para la "Federación Nacional de Estudiantes Universitarios" (FENEU), organización que reunía a todas las universidades del país.

Dirigidos por Pepín, el CER se había convertido de repente en una poderosa agrupación de cambios fundamentales para mejorar la calidad de la educación superior, con dirigentes todos muy destacados y honestos y con un programa de reforma y superación de la universidad más antigua del país. En ese entonces, Julio Sandi junto con Romaña eran delegados al Consejo de Facultad, Juvenal había sido elegido como Delegado al Consejo Universitario junto con Katiuska de la Facultad de Derecho. Rosa Castro, la fogosa dirigente femenina, figuraba como Secretaria General del CER.

Pero los radicales habían puesto los ojos en la conquista de la FESF. Esto era fundamental, porque la experiencia les enseñaba que si las reformas en Economía habían elevado el prestigio de la facultad, lo mismo podían hacer a nivel de toda la universidad. Para ello necesitaban dirigir la máxima organización estudiantil.

Con este fin lanzaron un excelente equipo, Pepín a la cabeza como candidato a la presidencia de la federación, Juvenal como secretario general y Romaña como secretario de organización. Este era en realidad un trío de lujo, los tres eran magníficos oradores, improvisaban con facilidad y aunque Pepín tenía un carisma especial, los otros dos no se quedaban atrás y eran muy populares, especialmente Romaña, entre las chicas, por su agradable trato, su don de gente y su fácil sonrisa. Amadeo quedó como Secretario de Organización del CER. Pepín por alguna razón no explícita, sentía cierta desconfianza en él y sin decirlo evitaba darle un cargo muy alto.

Llegada las elecciones la gente del CER y sus partidarios se tuvieron que enfrentar al equipo del ARE, que en esta oportunidad desplegaría sus máximos esfuerzos, porque bien sabían que si perdían, peligraba el rectorado y varias decanatos, que ya debían ser reemplazados. Esa sería su desgracia, toda vez que habían muchos aristas cuyos empleos dependían de la protección de las autoridades, eran los protegidos del ARE.

Precedió las elecciones una intensa campaña salón por salón en toda la universidad y aunque los aristas quisieron más de una vez armar camorras, se tuvieron que contener. Esta vez estaba la gente de Chapi, con las fuerzas de choque de los sindicatos que él dominaba y en particular, la confederación que agrupaba los sindicatos del país, del cual ahora era el máximo líder. Estos trabajadores duchos en la defensa y protección personal, acompañaron a Pepín y su equipo durante toda la campaña hasta el mismo día del sufragio.

Fue así como el CER y sus allegados lograron el triunfo finalmente, copando por completo la mayoría de cargos de la federación universitaria. A los días siguientes el victorioso líder fue nombrado también, presidente de la "Federación Nacional de Estudiantes Universitarios". En realidad, los mayores festejos para el grupo fueron cuando se conquistó esta última organización. Esto mereció una gran celebración. Ese día asistió a la gran fiesta la dirigencia del CER en pleno y muchos amigos, por supuesto allí estaba Katiuska, Miguel Angel, su enamorado y más de 20 amigos de la Facultad de leyes. Romaña ya con algunos tragos, tomó la palabra.

– Quiero en esta oportunidad – dijo - brindar por el CER, por nuestro líder Pepín, Juvenal, Rosita y por supuesto por May Lin y Katiuska, que tanto nos han apoyado. No olvidemos también a los cientos de amigos del CER en todas las facultades de nuestra querida universidad, tampoco olvidemos al compañero Chapi y sus buenos amigos de los sindicatos. Gracias a ellos y a todos los aquí reunidos, que podemos ahora celebrar esta grandiosa victoria, que nos pone al frente del movimiento estudiantil del país....Así prosiguió su emotiva perorata recordando los inicios del grupo y avizorando su futuro.

Pepín escuchaba tranquilo con una sonrisa de satisfacción al lado de May Lin, que ahora rebozaba de felicidad. Esa noche fue inolvidable bebieron, bailaron e hicieron muchos planes delineando sus proyectos más ambiciosos para el futuro, quedándose hasta casi la madrugada.

En medio de la felicidad del grupo Katiuska no parecía completamente feliz, algo enturbiaba su alegría y Pepín ya lo había notado, fue recién cuando se retiraron que pudo conversar con ella, gracias a que Rosita se llevó a May Lin a su casa. Una vez solos los dos hermanos empezaron a platicar.

- Hermana, ¿qué pasa?, no pareces haber disfrutado como todos – preguntó Pepín.

- La verdad, estoy muy preocupada y desde ayer quería conversar contigo, pero con todo esto del triunfo no quería malograr tu felicidad, se te veía tan contento.

- Dime, ¿qué pasa?

- Hermano, nosotros siempre nos hemos dicho la verdad y esta no será la excepción y la verdad es que estoy enamorada de Miguel Angel y recién me acabo de enterar que el es hijo de Hildebrando Pajares y me ha estado engañando. Me dijo que se apellidaba Mariote, pero eso fue una mentira, él se llama Miguel Angel Pajares, es el hijo del ex – prefecto Hildebrando, el hombre que mandó a prisión a nuestro padre. Ahora no se que hacer, aconséjame hermano, estoy totalmente confundida.

- A ver Katiuska, veamos con mas calma el problema – añadió Pepín llevándole un poco de tranquilidad a su hermana que se le veía muy preocupada.

- Yo se que ustedes son enamorados hace ya un buen tiempo, se que el estudia en la Facultad de Biología. Pero, ¿tú nunca llegaste a conocer alguno de sus amigos?

- No, nunca el siempre me dio gusto, recuerda yo soy muy absorbente y todo lo he realizado con mis amigos de la Facultad de Derecho, Miguel siempre me complació en esto.

- Pero, dime Katiuska – inquirió Pepín – se que tu lo quieres mucho, pero, ¿estas segura que él también te quiere?

- Si, estoy segura – afirmó sin duda la hermana – el no solo me lo repite siempre, sino me ha dado muchas pruebas de ello.

- Bien, si es así, lo mejor es decir la verdad – concluyó Pepín con firmeza – siempre es preferible la verdad, aunque esta sea muy dolorosa. Piensa que el pudo haberte ocultado su verdadero apellido, porque sabía quién eras y se enamoró de ti, pero temía que tu jamás lo hubieras aceptado si te enterabas que era hijo de Hildebrando. Después ya todo se complicó aún más y no supo cómo resolver su dilema.

- Recuerda hermana – prosiguió Pepín – aunque Miguel Angel sea hijo de Hildebrando, nosotros no tenemos razones para odiarlo o siquiera enemistarnos con él. Las culpas de los padres no tienen porque pagarlo los hijos. Además, con Hildebrando nosotros no buscamos venganza, buscamos justicia.

- Si Pepín – aceptó Katiuska totalmente convencida – eso es lo que voy a hacer, hablar claro con Miguel. Gracias hermano, gracias, ¿qué haría sin ti?

De vuelta a la vida rutinaria todo para Pepín y May Lin siguió como siempre, entre la universidad, el trabajo a medio tiempo que tenía Pepín y el trajín en la dirigencia estudiantil. Esta última era una tarea ardua pero fructífera. En efecto, el paso del equipo del CER por la FNEU no quedó inadvertido a nadie, no solo lograron amalgamar a buena parte del estudiantado nacional en su organización, sino conquistaron una serie de beneficios para el alumnado. De otro lado, la FNEU luchó codo a codo con los trabajadores, apoyando una serie de reclamos salariales y de condiciones de trabajo. Esto especialmente por la estrecha coordinación con Chapi que dirigía la mayor organización sindical de la nación. La FNEU en esta época estuvo presente en todas las grandes manifestaciones en la capital, sea para protestar por el costo de vida, el desempleo creciente o algún homenaje póstumo, como en el caso del poeta Javier Heraud romántico guerrillero capturado y muerto a manos de los militares.

Estos fueron años de intensa actividad, gran avance y logros personales, particularmente en el ámbito político. Fue la época en que se forjaron solidamente la experiencia política de Pepín, Juvenal y los demás miembros del CER, que más tarde les sería de gran utilidad cuando entraron de lleno a la política nacional.

En el lado personal Pepín y May Lin habían unido sus vidas y ambos se graduaron de economistas. Los éxitos en los estudios y en la política se habían logrado con esfuerzo pero nunca fueron huidizos. Los amigos del CER al parecer eran fieles, leales y consecuentes con las ideas que Pepín y Juvenal siempre defendieron y entre estos últimos, parecía que existía una hermandad a prueba de balas.

En suma todo parecía caminar sobre ruedas en la epidermis. Desgraciadamente en el fondo no todo era felicidad ni armonía completa. Durante el paso por la universidad se había incubado una especie de competencia entre Pepín y Juvenal, que tal parecía estaba dejando heridas abiertas en este último, debido a que el primero siempre fue el candidato preferido por la gente en los cargos más altos. Pero especialmente porque siempre estuvo Amadeo muy cerca de Juvenal, haciéndole notar esto e inflamando su malestar, como un medio para hacerse útil y quizás transformarse en su confidente y paño de lágrimas. Al fin y al cabo Amadeo era de esos tipos que no destacaban con luz propia, sino era más bien como los parásitos, tenía que vivir a expensas de alguien. En estas artes Amadeo era muy habilidoso y usaba su simpatía y fama de galán entre las chicas, para estar enterado de todo y llevarse bien con dios y con el diablo. Borracho, inclusive, contó alguna vez a sus amigos, que él supo con antelación del ataque que los aristas le hicieron a Pepín años atrás, pero no quiso advertirle para ver si así le bajaban un poco los humos. Este rumor llegó a oídos de la gente del CER, pero la descartaron como un chisme de los aristas para dividir al grupo.

Ya fuera de las aulas, Amadeo seguía siendo el tipo cordial y sumamente diplomático, ocultando en realidad sus ambiciones desmedidas y su espíritu traicionero. A tal punto llegaban sus apetencias de poder, que más de una vez propuso a Juvenal el uso de armas vedadas para lograr su más rápido ascenso y que Juvenal tome el liderazgo del movimiento político, que ya planeaban organizar, pero este siempre lo desautorizaba.

Estos desencuentros entre Pepín y Juvenal, que al principio solo parecían tenues rajaduras, serían hábilmente aprovechadas por Amadeo, para enquistarse como el hombre de confianza y el asesor personal de Juvenal e intentar una y otra vez, transformar las rajaduras en grietas profundas, entre los dos amigos que se habían prometido una hermandad eterna. Si Amadeo lograría o no sus propósitos, era una incógnita, pero no lo era su decisión de usar cualquier tipo de arma para encumbrar a Juvenal y de ese modo encumbrarse asimismo.

CAPÍTULO VIII

LA TRAICIÓN

Apenas salidos de las aulas universitarias, Juvenal ya trabajaba en una empresa constructora y Pepín había logrado ingresar al Banco Central de Reserva. Pese a las comodidades que les brindaban los sueldos muy decentes que ambos gozaban, no se olvidaron de la política, por el contrario, ya habían fundado un pequeño partido llamado "Unión Radical" (UR). Le pusieron este nombre porque pensaban que en el país ya no cabían las medias tintas o sea las soluciones intermedias, además en memoria del "Centro de Estudiantes Radicales", que tantos éxitos les brindó en el pasado. Los problemas económicos y sociales del país eran tan graves, que solo reformas radicales y profundas les podían dar solución.

En esta agrupación desde el inicio lograron enrolar a muchos estudiantes y a un buen número de sindicalistas, debido al arrastre que tenía Chapi, que siempre los acompañó con las fuerzas laborales durante los años de la lucha obrero-estudiantil en la que participaron.

Pepín apoyó la idea de fundar la UR más por la presión de Juvenal, Chapi y los miembros del CER, que por propia convicción. Pero su popularidad y su ya ganada fama de joven

político, crearon una fuerza que desbordó sus reticencias y se
dejó arrastrar por la voluntad mayoritaria, aceptando finalmente
fundar el nuevo partido político.

Su paso por San Francisco, la Universidad más antigua de
Latinoamérica y su fogoso activismo durante los anos en las
aulas, les brindaron a los tres amigos la oportunidad de hacer
numerosos contactos entre los trabajadores, en otras universidades
e inclusive en las organizaciones de barriadas. Contactos que
ahora eran útiles para convocar a esa gente y engrosar las filas
de su movimiento político.

En ese entonces la nación se acercaba a un nuevo proceso
electoral y la UR se había decidido a participar activamente
a nivel nacional. Pepín, Juvenal, Chapi y todos los líderes del
partido, apenas si tenían 30 años y solo podían candidatear
para diputados, por eso solo se pensó en conformar una lista
de candidatos a esa cámara, encabezada por Pepín, mientras
el partido apoyaría a Fernando Almenara, a la presidencia de
la república y a su lista de senadores. Almenara era un hombre
independiente que se había hecho muy conocido como defensor
del pueblo, fundando uniones de consumidores y combatiendo
el abuso de los precios por los monopolios, la propaganda
engañosa entre otros males. El candidateaba a la presidencia con
su movimiento "Los Consumidores al Poder" y ofrecía al país un
programa de reformas que traería más empleo, mejores salarios
y un freno al constante alza de precios que asfixiaba a todos.

Durante estos años el país enfrentaba una grave crisis económica,
como tantas que había atravesado durante toda su historia
republicana. Lideraba el gobierno don Manuel Aliaga del
ARE. Por fin después de 50 años de vida partidaria y múltiples
intentos, los aristas habían subido al poder, pero estaban
gobernando en forma lastimosa. A pesar de su antigüedad en
la política, el ARE no tenía un programa definido y tal parecía
que experimentaban, incuestionablemente los dos años que les

restaban en el poder serían sus peores. La inflación se agravó a tal extremo, que los precios subían inesperadamente de un día al otro, especialmente en los productos de primera necesidad, la inflación era una locura. El gobierno de turno puso de moda las "colas", largas líneas que las madres de familia tenían que hacer para comprar productos como kerosene, arroz, aceite entre otros. La escasez era lo normal. El dólar era la moneda casi oficial, todos pugnaban por cambiar sus raquíticos ingresos a dólares. Guardar la moneda nacional aunque sea por unos días, significaba una pérdida segura, por su continua devaluación. Por eso, no era extraño para nadie ver a los "cambistas" callejeros por decenas, en casi todas las calles de la capital. Este era un negocio tan lucrativo, que muchas casas de cambios mandaban a sus empleados a realizar esta labor en las calles, agobiados por la aguda competencia de los cambistas informales.

Por supuesto, en el ámbito laboral el desempleo cundió como reguero de pólvora y el paliativo para millones de ciudadanos se reducía a engrosar el ejército de "ambulantes" o sea, de comerciantes de baratijas por las calles. Todas las ciudades importantes del país, se habían convertido así en enormes mercados. En sus avenidas más concurridas se podía encontrar de todo, desde cambio de dólares, hasta frutas, pasando por todo tipo de ropa, accesorios, artículos para la casa etc. etc.

El partido de Aliaga, caracterizado por su dogmatismo, había sacado de todos los puestos de decisión en el gobierno al que no era arista, lo cual lo transformó en un régimen monolítico, donde no había espacio para la discrepancia, donde las órdenes se cumplían con disciplina casi militar. Pero además, entre las limitaciones de los aristas no solo estaba su dogmatismo y su falta de capacidad, desgraciadamente les faltó también honestidad, porque la "mordida" o sea las coimas, fueron la regla de oro. La corrupción cundió por doquier y ningún trámite ante institución pública alguna se podía conducir, sino era pagando la respectiva coima. Por supuesto tampoco se ganaba un concurso de precios o una licitación organizaba por el gobierno, sino era entregando el 10% a los jefes de las empresas públicas o de los ministerios. En las grandes obras del gobierno y en el refinanciamiento de la deuda nacional, los negociados eran muy ocultos pero incuestionablemente existían y de tiempo en tiempo, eran denunciados por la prensa independiente, por supuesto sin ningún resultado.

La crisis económica y social llegaba a sus extremos y la gente ya no lo soportaba, las huelgas menudeaban y las manifestaciones eran el desfogue del pueblo, de un pueblo paciente como quizás había pocos en el mundo.

Como un correctivo a los males del país, el régimen decidió entonces aplicar drásticas medidas contra la inflación, que en el lenguaje corriente le llamaban el "paquetazo", que no era la primera vez que se aplicaba, pero ahora sería diferente por su profundidad. En efecto, este se aplicó con una severidad draconiana y cayó como un verdadero tsunami sobre los millones de trabajadores, campesinos y gente desempleada, que ya al terminar el gobierno arista padecían hambre. No se tomó ninguna medida colateral para reducir su impacto sobre los más pobres, llevando a mucha gente a la desesperación y dejando dolor y lágrimas en el camino. La inmensa mayoría tomada por sorpresa no atinaba a reaccionar, nunca imaginaron que el ARE, el "partido del pueblo", como hacía llamarse, sería capaz de aplicar tremendo "paquetazo". Mucha gente quedó traumada con esto, varios inclusive en el colmo de su desesperación optaron por suicidarse. El día que se anunciaron las durísimas medidas contra la inflación fue horrendo, terrible para los más pobres. A partir de aquel entonces se acabaron las "colas" en los mercados, claro si la gente vio encogerse sus ingresos a la mitad, de un día a otro, ya muy pocos tenían dinero para comprar. Por el contrario, las "colas" ahora se formaban por cuadras frente a los consulados de E.U. y algunos países latinoamericanos en mejor situación. Miles querían abandonar el país, el éxodo fue tan grande que algunos lo calcularon en más de un millón de personas. El hambre asoló el país como si este hubiera salido de una cruenta guerra. La carne, la leche, las menestras y hasta el pan, se convirtieron en artículos de lujo para muchos. Los más afortunados podían comprar menudencia de aves, vísceras, patas y cabeza para preparar un menjunje que comían una vez al día, los más pobres fueron a engrosar el ejército de criaturas y adultos que deambulaban en los basurales, quitándose con los gallinazos o los perros abandonados, los pocos residuos de comida.

Por supuesto el crimen callejero aumentó en forma inusitada, los carteristas de ayer quedaron como mozalbetes ingenuos, ahora el robo se hacía a plena luz del día y a lo bruto, los atracos aumentaron en forma exponencial no solo perpetrados contra los peatones, sino contra quienes viajaban en auto. Estos asaltos se efectuaban generalmente en las esquinas o ante los semáforos. Los ladrones arremetían garrote en mano y rompían el parabrisas o los vidrios laterales, arrancando los bolsones o cualquier cosa de valor que encontraban a su alcance, dentro de los vehículos. También en el colmo del ingenio los ladrones ponían clavos en calles solitarias, ocultándose a la espera de los vehículos que pasaran, a quienes después ya detenidos asaltaban. También aparecieron los "raptos al paso", en esta modalidad se mantenía a la víctima generalmente en el mismo vehiculo del criminal, se negociaba rápidamente el rescate, siendo el monto solicitado generalmente moderado.

El crimen creció tanto que era prácticamente imposible caminar por calle alguna, sin que le vaciaran antes los bolsillos. Llevar un reloj o una prenda de oro era virtualmente un suicidio, por cosas menores se asaltaba y casi se mataba a la gente.

El recorte que hizo el gobierno de una serie de programas sociales afectó severamente las escuelas, los hospitales y demás centros asistenciales. En las escuelas ya no había dinero ni para tizas. Mobiliario que se destruía no era reemplazado y los alumnos, tenían que sentarse en el piso o llevar su propio asiento. En los hospitales había una carencia enorme de camas, no solo porque estas no aumentaban o no eran reemplazadas si se malograban, sino porque el número de enfermos se había incrementado enormemente. En algunos nosocomios no había sábanas, ni cosas tan elementales como alcohol, algodón o gasas. En los casos de emergencia, los parientes tenían que dejar al enfermo y salir a la carrera a comprar las medicinas y si no tenían los medios, la víctima simplemente fallecía.

Muchos servicios brindados por el gobierno central o las agencias públicas se suprimieron o virtualmente quedaron casi abandonados, lo más desgarrante era el abandono de los cementerios. Mientras por un lado aumentó la tasa de mortalidad por otro, no se construyó más nichos a ritmo acelerado, llegándose al extremo que la gente, debía esperar en los cementerios con el ataúd al pie por horas, mientras se terminaba la sepultura que cobijaría al difunto. Que rabia y que impotencia se sentía, tener que soportar el dolor por el ser que se iba y ni siquiera disponer de unos minutos de silencio, para rezar y pedir al supremo hacedor por la paz eterna del difunto. Porque estos minutos de recogimiento y fervor tenían que ser marchitos por el ruido de las palas, carretillas y el olor a cemento fresco, de los que metros más allá trabajaban apresuradamente.

La mendicidad creció a ritmo sorprendente. Los ancianos y las criaturas abandonadas sobrepoblaron las calles, comiendo desechos, drogándose o prostituyéndose. El terokal y el alcohol metílico o industrial, se convirtieron en los productos preferidos en este submundo. El país se desmejoró en todo orden de cosas, los pobres llegaron a niveles de mendicidad y la clase media desapareció por completo.

Frente a este cuadro económico dantesco, no se puede negar que el régimen aplicó una estrategia muy cuidadosa para evitar la sublevación popular, tratando de captar ciertos sectores claves de la población. A pesar del durísimo golpe que significó el programa de estabilización, lograron mantener aunque frágilmente el control sobre la situación social del país, no se produjeron grandes movilizaciones laborales en los primeros días del "paquetazo" y el régimen no enfrentó ningún conato de desestabilización. Dicha estrategia fue inteligentemente diseñada para satisfacer los intereses de grupos sociales claves en el país, grupos que eran los que usualmente promovían o acaudillaban la intranquilidad social e inclusive, la movilización al punto de derrocar a un régimen.

Para contener la presión de los más pobres e inclusive, para crearse un clientelaje político en ese sector de la población, que era bastante numeroso, el gobierno creó de inmediato la llamada "Olla del Pueblo". Este era un programa destinado a proveer dos raciones de comida diarias por persona a toda familia que demostrase que estaba desempleada o no ganaba el salario mínimo. Para ello se formaron grupos de madres en los llamados "pueblos jóvenes", que eran las que recibían y distribuían las comidas, por supuesto ellas tenían primero que inscribirse en el ARE. Así se vió pronto en las barriadas, inmensas "colas" de gente armados de cacerolas, ollas o cualquier otro depósito para recibir sus alimentos.

La "Olla del Pueblo" resultó en lo político un arma contundente para los aristas, porque sirvió de muro de contención y apaciguamiento de la protesta popular, además se utilizó como medio de propaganda del régimen. Consciente de ello, el gobierno promovía encuestas y sondeos de opinión, en base a este grupo social y hacía alarde de ellas en cuanta oportunidad tenía. Por su lado, Manuel Aliaga no descuidaba su contacto con las masas y él personalmente recorría los lugares de distribución de alimentos, saludando y conversando con la gente, acariciando a las criaturas, abrazando a los ancianos o probando un bocadillo. Para muchos en este sector el líder arista era un ídolo, el único que no solo les daba el pan de cada día, sino que se daba el tiempo para visitarlos y conversar con ellos, cosa que la prensa adicta publicaba en grandes titulares.

Pero en realidad la "Olla del pueblo" era, a juicio de los analistas Independientes, la más torpe medida que un gobierno podía aplicar para ayudar a los más pobres, porque se politizó, se utilizó como instrumento de manipulación de la clase más humilde, desde sus inicios. No se diseñó como una solución de emergencia para paliar el hambre de los necesitados, sino quedó como una medida permanente, para ganarse políticamente a este sector. Este tipo de ayuda adormeció a la gente, la hizo dependiente, creo una clase de parásitos sociales a quienes les quitó el incentivo para trabajar y esforzarse. Pero esto poco interesaba al régimen, su objetivo nunca fue construir una sociedad mejor sino, buscar un soporte social para consolidarse.

Por esta vía el ARE capturó un sector poblacional numeroso, los que vivían en pobreza extrema. Sin embargo esto no era tan simple, porque en un régimen corrupto todo se corrompe y por supuesto también "La olla del Pueblo". Pronto se observó que los aristas traficaban con las raciones y atendían con privilegios a sus partidarios mientras se les negaba ayuda a los que no eran de su partido. Allí comenzó el descontento popular.

De esta forma se dividió al país entre los que recibían ayuda y apoyo y los que quedaron abandonados a su suerte, entre estos los profesionales empobrecidos, la clase media de ayer, los intelectuales, los pequeños industriales y los agricultores, que no constituían un poder social unificado en el país. Esos sectores poco podían hacer, no tenían ni los recursos económicos, ni el poder social para efectuar una oposición sólida y tuvieron que doblegarse y soportar su desesperanza.

Pero en la "Unión Radical" ya sabían de estas estrategias mañosas y conocían muy bien como combatirlas. Había que penetrar en los bolsones populares descontentos con la "Olla del Pueblo", convocar a los despedidos por el régimen que se contaban por miles, convocar a la clase media muy venida a menos, a los profesionales y a los agricultores. La idea no era esperar en el partido, sino salir a los pueblos jóvenes, visitar las provincias, conversar directamente con la gente, compenetrarse en sus problemas y apoyar sus reclamos. Con estos propósitos se armó una gran movilización proselitista, en busca de nuevos adherentes al joven partido de oposición, particularmente, en los barrios pobres de la capital y de las principales ciudades del país. Tanto en los llamados "callejones" como en las barriadas marginales.

En las pasadas cuatro décadas se había visto surgir miles y miles de viviendas precarias en estas áreas, casi todas a medio construir de ladrillo, adobe, calamina o simplemente de esteras, las cuales cobijaban quizás al 60% de la población urbana, toda esta gente no estaba afiliada a ningún partido político, pero estaba ansiosa de apoyar a alguien que se identifique con ellos. Era la población de estos lugares la que comenzó a concurrir asiduamente al local central de la UR. Este lugar se estaba convirtiendo rápidamente en un hormiguero, la gente entraba constantemente para afiliarse, recoger información o simplemente para aprovechar los cursos gratuitos de preparación para el ingreso a las universidades o la enseñanza gratuita de oficios. May Lin y Katiuska eran de las más activas en el local central, al fin y al cabo, May Lin fue la que pagaba más de la mitad de su alquiler mensual. Esta joven provenía de una familia muy adinerada. Su padre era de esos inmigrantes asiáticos que lograron amasar una fortuna en el comercio en décadas pasadas.

El momento político era propicio, para el surgimiento de un nuevo partido, la crisis había dividido al país entre los que algo recibían y eran mantenidos por el régimen y los demás, que en realidad eran la mayoría. Los radicales estaban asomando a la arena política justo en este momento y esto, les daba enormes posibilidades en la lucha electoral ad-portas.

Ya estaban inscritos los candidatos, la plana mayor de la "Unión Radical" había recorrido villorrio por villorrio toda la nación. Las encuestas los ponían en segundo lugar pero subiendo, se requería entonces días antes del sufragio una gran manifestación que les diera el empujón final, para asegurarse una amplia mayoría en el congreso y la presidencia. Este era entonces la siguiente gran tarea y a eso se dedicaban los directivos del partido.

Pero Amadeo creía que esto no era suficiente, que algo inesperado tenía que ocurrir para asegurar la victoria y se decidió a realizar su propio juego. Después de muchos esfuerzos había convencido a Juvenal para dar al partido un impulso violento, que catapultara la candidatura de Fernando Almenara y toda la lista. Su plan, según dijo, consistía en tramar un atentado contra el candidato a la presidencia, que no le ocasionara ningún daño, pero que causara un revuelo nacional para voltear abrumadoramente al electorado a favor de la UR y sus aliados electorales. Amadeo creía ciegamente que la gente siempre se vuelca a favor de la víctima. Este plan era ultra secreto y solo lo sabían él y Juvenal. El encargado de esta misión era el "Negro Rubianes", un oscuro sujeto que Amadeo conocía y usaba para sus trabajos sucios.

Es así como un día antes del atentado, Amadeo le había entregado al "Negro" una billetera y le repitió varias veces - esto lo dejas muy cerca de Almenara, cuando termines tu trabajo.

- No te olvides esto es muy importante, si no lo haces todo el trabajo estará mal hecho y no podré pagarte, ¿me entendiste? – preguntó.

- Si jefe lo entiendo, no me olvidaré, dejaré esta billetera muy cerca del hombre, no se preocupe respondió y se marchó.

Llegado el día de la gran manifestación de la UR, la plaza San Martín bullía con el gentío que la había inundado. En el estrado ya estaban todos los dirigentes de la "Unión Radical", Pepín, May Lin, Juvenal, Katiuska, Chapi, Rosita, Romaña y muchos otros líderes laborales y estudiantiles, el único que faltaba era Almenara, el candidato a la presidencia, a causa de ello el mitin se estaba retrazando en espera de su presencia. Pero visto lo prolongado de la demora se decidió empezar para no inquietar más a los asistentes, así uno a uno los oradores fueron presentándose mientras la multitud rugía con hurras, vivas y estribillos.

- Compañeros, el ARE nos prometió trabajo y nos da empresas quebradas y más despidos, nos prometió contener el alza de precios y nos ha llevado a la inflación más terrible de nuestra historia y para remediarlo, nos ha regalado un tremendo "paquetazo". Nos prometió llenar la mesa del pobre y nos está quitando hasta el mendrugo que antes teníamos. ¡El ARE ha traicionado al pueblo! Aquí acaban años de lucha popular inútil y años de esperanza. ¡Abajo el ARE!, ¡abajo Aliaga!

Así terminaba su discurso Chapi, el fogoso líder de la central obrera más combativa de los últimos tiempos. Mientras la plaza entera se estremecía con los gritos: ¡Aliaga traidor!, ¡Aliaga traidor!, ¡Aliaga traidor!

La plaza San Martín, uno de los lugares más concurridos por los recién llegados a la capital y también, el lugar obligado para toda manifestación nacional importante, estaba abarrotada por un enorme gentío, que inclusive llenaba parte de las cuatro avenidas que confluían en este centro de reunión. Los estimados más conservadores consideraban que allí se habían reunido por lo menos 50,000 personas, en la manifestación más exitosa de los últimos años. No era para menos, esta concentración había sido convocada por un conglomerado de instituciones entre ellas, centrales sindicales, federaciones agrarias, federaciones de estudiantes, trabajadores independientes, pequeños comerciantes etc, todos aglutinados alredor de la UR.

Allí estaban por igual, jóvenes y viejos, educados y analfabetos, andrajosos y bien vestidos. Se habían amalgamado miles de personas, en una variopinta concurrencia por sus rasgos raciales, mestizos, cholos, descendientes de japoneses, de chinos, de negros etc. Esta era una auténtica muestra de lo que era casi cualquier país de habla hispana, una mixtura étnica y también, una mixtura ideológica; igual se podía encontrar social cristianos, socialistas, comunistas, gente de ideas democráticas e independientes. Sin embargo, a todos ellos los unía un denominador común, todos estaban hastiados de la crisis económica y social que vivía el país, todos detestaban al gobierno de Manuel Aliaga y ello, los empujaba por igual a dar su apoyo a esta gran manifestación. En realidad, no se necesitaba una vocación muy beligerante para asistir a ella, el país había llegado a una situación económica y social insostenible. Los últimos años habían demostrado que en este caso se cumplía el viejo adagio que dice:"todo tiempo pasado fue mejor".

Después de casi una década de un gobierno militar inepto, siguió el gobierno del ARE, pero al parecer el pueblo se había equivocado una vez más, este resultaba ser nuevamente otro gobierno incompetente y corrupto, como ningún otro. Pese a todos los ajustes y reajustes de sus múltiples ministros de economía, los precios no cesaron de subir, hasta que se dio el "paquetazo". Este paró la inflación en seco pero trajo otra desgracia peor, una pobreza franciscana para casi todo el país. Los puestos de trabajo se redujeron al mínimo y la insurgencia armada y el terrorismo, hacían de las suyas. El régimen arista fue incapaz de controlar al terrorismo, que se había enseñoreado en las ciudades más importantes y efectuaba ataques suicidas con tanta facilidad a comisarías, como a hospitales, centros de trabajo o residencias, en zonas populosas o en áreas residenciales. Todo esto era lo que había traído al enorme gentío apiñado en la plaza San Martín.

Mientras allí la gente de la UR deliraba en su última gran manifestación, con la cual cerraba su campaña electoral, los planes de Amadeo seguían adelante.

Ese viernes sin luna era ideal para el "trabajo" del "Negro Rubianes". Serían como las ocho de la noche, de esos fríos y oscuros oscuros inviernos, hora en que Fernando Almenara salió con rumbo a la plaza San Martín, donde ya lo esperaban. Ese día él había preferido quedarse solo con su secretario enviando a su protección personal de frente a la manifestación, para que apoye. Había dejado hace minutos su vivienda, una espaciosa residencia con muchas comodidades ubicada en la urbanización "Llanuras Solitarias", zona de clase media alta y suburbio aislado sin mayor tránsito vehicular.

Almenara y su acompañante avanzaban rápidamente en su vehiculo, a pesar que una ligera neblina iba cubriendo el paisaje, ensimismado en sus pensamientos, quizás soñando en lo que haría si salía elegido presidente de la república. De repente, justo al voltear una curva, don Fernando se quedó perplejo al ver en medio de la pista una enorme cruz de flores, de casi dos metros de alto como esas que se obsequian cuando fallece un gran personaje. Este inesperado encuentro con algo tan extraño y en la soledad de la noche, hizo que un frío gélido recorriera su cuerpo casi paralizándolo. Todo ocurrió en un instante, sorprendido por lo que contemplaban sus ojos, viró el timón, tratando infructuosamente de eludir la cruz y reducir su velocidad, pero no pudo, algo falló, el piso estaba sumamente resbaladizo. De pronto perdió el control del vehículo, saliendo bruscamente de la pista y precipitándose hacia un canal de casi metro y medio de profundidad, que corría paralelo a la vía, volcándose de inmediato. El auto quedó invertido y siguió deslizándose por inercia durante unos segundos, en medio de una lluvia de chispas y un fuerte olor a quemado, para luego caer en el canal llantas arriba. Allí quedó Almenara, inerte y sangrando, entre los fierros retorcidos de su vehículo, que reposaba en un precario equilibrio atravesando el canal. En la oscuridad de la noche solo se escuchó el seco ruido causado por el impacto metálico del choque, aunque quizás nadie lo percibió, por la lejanía de las casas en este solitario paraje.

- Manuel ¿cómo está? – preguntó don Almenara a su secretario sin encontrar respuesta.

Al mirarlo notó que su cráneo estaba totalmente sangrando, quiso aproximarse pero no pudo, las piernas no le respondían, pero estirándose le tocó la yugular, esta ya no latía, el hombre había fallecido en el acto.

El "Negro", que había preparado este criminal atentado y que luego permaneció escondido tras unos matorrales, contempló primero todo el accidente para luego correr hacia el vehículo y viendo a don Fernando aun vivo en el asiento delantero, quiso asegurarse que este quedaría acabado y sin más contemplaciones, le disparó a quemarropa. Acto seguido disparó también al otro pasajero y dejó caer muy cerca del vehículo la billetera que tanto le encargara Amadeo.

Terminada su perversa tarea, corrió a su automóvil, para desaparecer de inmediato en la oscuridad de la noche. Viajaba a gran velocidad como queriendo escapar de sus remordimientos o quizás, para cobrar cuanto antes por este "trabajito". Aunque para él no era la primera vez que atentaba contra la vida de alguien, siempre este tipo de cosas le causaban un cierto nerviosismo. Sin embargo, la idea que pronto recibiría los 5,000 soles que Amadeo le prometió lo calmaba, especialmente ahora que su presupuesto estaba en rojo.

Mientras tanto en la plaza San Martín la grandiosa manifestación seguía adelante. Todos los dirigentes habían tratado de ubicar a Fernando Almenara pero hasta el momento había sido inútil, no se sabía absolutamente nada de él.

Cerraba la manifestación Pepín, con su encendido verbo había logrado enardecer a la multitud, atacando al gobierno de turno y en particular a su presidente Aliaga, al punto que la gente pedía constantemente la cabeza de Aliaga, como antaño se pedía la cabeza del gladiador que era derrotado en el coliseo romano.

- Compañeros - dijo el orador - esta noche, el pueblo ha dicho, ¡basta!, ¡basta de gobiernos corruptos!, ¡basta de incapaces!, ¡basta de demagogos!

De repente en forma intempestiva alguien le pasó una pequeña nota en los minutos finales de su emotivo discurso. Este aprovechó una pausa en su perorata para leer el pequeño papel que apenas si tenía cuatro palabras, quedándose paralizado por un segundo, para luego reaccionar y anunciar algo a la multitud.

- Tengo aquí una noticia insólita – dijo Pepín - se me acaba de comunicar que nuestro candidato a la presidencia de la república, el Dr. Fernando Almenara no vendrá esta noche, pues ha sufrido un grave accidente y no sabemos su estado de salud.

La noticia cayó como un inmenso balde de agua helada en la multitud, que por un instante enmudeció, para luego reaccionar en diversas formas. Unos gritaban, ¡aquí está la mano arista!, ¡ellos son los culpables!, ¡Aliaga asesino!, ¡Aliaga asesino!, ¡Aliaga asesino! La gente enardecida seguía gritando, ¡vamos a palacio!, ¡vamos a palacio!, ¡vamos a palacio a sacar al asesino!

Toda la plana mayor del partido trató de calmar los ánimos del gentío, pero este ya estaba desbordándose, además la dirigencia tenía que enrumbarse de inmediato a ver en que condiciones se hallaba Fernando Almenara. Frente a esta disyuntiva rápidamente abandonaron la plaza y se fueron al "Hospital Central", donde les habían dicho estaba don Fernando, en cuidados intensivos.

Por su lado la gente cuya furia había rebasado todo límite, porque ellos creían que este era un atentado contra un político nuevo como Almenara, se descontroló y sin más, empezó a dirigirse hacia la plaza de armas, en la cual estaba el palacio de gobierno. Iniciándose la marcha entre vítores y condenas al gobierno, entre hurras para los diferentes grupos participantes y las "maquinitas" típicas de toda manifestación.

La muchedumbre no había recorrido dos cuadras, cuando de repente hizo su aparición un escuadrón de unos doscientos policías armados y con escudos antimotines. Estos sin más miramientos ni advertencias, empezaron a disparar granadas de gases lacrimógenos en medio del gentío, que encerrado entre las calles laterales, no tuvo otro remedio que retroceder y empezar un desbande como pudo. La multitud corría perseguida por la policía, algunos caían pisoteados, otros eran víctimas de los guardias que arremetían a varazos, golpeándolos y dejándolos tirados o apresándolos de inmediato. A pesar de su número inmensamente inferior, la policía protegida con máscaras antigases y haciendo por momentos disparos al aire, logró aterrorizar al gentío, que solo atinó a huir para ponerse a salvo, acabando así el asalto a palacio.

Atragantado por la ansiedad al escuchar la inesperada noticia sobre la suerte de Almenara, Juvenal que se dirigía al hospital en su propio vehículo acompañado solo por Amadeo — de repente rompió el silencio y preguntó.

- ¿Qué pasó Amadeo?, ya me dijeron que Almenara no solo sufrió un accidente sino fue baleado. ¿Cómo es posible que don Fernando fuera baleado si aseguraste que nada le pasaría?

- ¿Qué miércoles pasó?, ¿en que líos te has metido y me estas arrastrando a mí?, ¿acaso estás loco?

- Tranquilo, tranquilo - contestó Amadeo - no te desesperes, todo está bajo control, mi gente ha trabajado muy bien y todo saldrá de acuerdo a lo planeado. Te aseguro Juvenal, al final saldrás beneficiado de todo esto.

Así Amadeo calmaba a Juvenal, sin decirle que es lo que había hecho, porque en realidad ni aun él lo sabía. Luego callaron ambos y siguieron silenciosos, ninguno de los dos se atrevía a proseguir la conversación. Amadeo, diestro en estas lides no se atrevía a decirle sus verdaderas intenciones y su desquiciado plan para lograr el ascenso rápido de Juvenal, porque ignoraba como reaccionaría este. En todo caso no quería estropear todo lo que ya había ganado, al convertirse en su asesor y hombre de su entera confianza. Juvenal por su lado, ignoraba los detalles de lo sucedido y menos las oscuras maniobras de Amadeo, además por ahora primero tenía que saber cual era el estado real de Almenara, al fin y al cabo él había aceptado se lleve a cabo este atentado y con ello, había sellado su participación en lo ocurrido. Así tejiendo cada uno su propia urdimbre de ideas, llegaron al hospital.

Allí estaba Fernando Almenara, postrado totalmente inconsciente, inerte, solo su débil respiración indicaba que aun seguía con vida, también se hallaban sus familiares rodeando su cama y con los ojos llorosos.

El primero en acercarse a la esposa de don Fernando fue Pepín, expresándole su profunda preocupación y pena por el atentado y preguntándole si sabía algo de lo ocurrido. Luego fue secundado por Juvenal. Así estuvieron ambos conversando con los familiares y dándoles soporte emocional, para luego salir de la habitación acompañados por el hijo mayor de la víctima, que había resultado ser un oficial recién egresado de la policía de investigaciones. Este les narró que su padre se había salvado providencialmente, porque fue encontrado en el lugar del accidente por una patrulla policial, que pasaba por allí a causa de una denuncia de robo y asalto muy cerca del área. Al encontrarlo en tan mal estado, los policías de inmediato lo llevaron al hospital más cercano, don Fernando estaba desangrándose y ya casi no respiraba. La patrulla policial reportó esto como un atentado, por los disparos que recibieron el candidato y su secretario.

- Doy gracias a Dios — afirmó el hijo - porque si mi padre es recogido media hora después, ahora estaríamos en la morgue y no aquí. Ahora queda lo peor - prosiguió - mi padre está en coma desde que llegó al hospital y no se sabe aún si recobrará la conciencia. El médico dice que nada se puede hacer. Solo nos queda rezar a Dios. Tenemos que esperar, él tiene que reaccionar solo. Inclusive tiene tres costillas y una pierna fracturadas, pero los médicos no pueden intervenir todavía. Tal parece que el disparo le ocasionó un traumatismo encéfalo craneano agudo, que lo tiene inconsciente.

- Tu padre es un excelente hombre - interrumpió Amadeo, con una hipocresía increíble - creo que se salvará, él es muy fuerte y el país lo necesita.

- Todos rogaremos por tu padre - añadió Juvenal — creo también que se salvará y pronto estará nuevamente en pie.

- Ojalá Dios escuche sus palabras sinceras y reconfortantes - terminó el hijo y diciendo esto se despidió y fue a reunirse con su madre, que estaba arrodillada al lado de su marido como pidiendo al cielo que lo salve.

Minutos más tarde, se retirarían del hospital Juvenal y Amadeo. En el camino ninguno de los dos quiso esclarecer la situación. Juvenal comprendía que este había sido un atentado perpetrado por Amadeo, que él mismo aceptó y por tanto estaba totalmente involucrado. Ahora que las cosas no habían salido como lo planeado, realmente no sabía como reaccionar. Se sentía culpable, casi como un criminal. Se sentía tan mal de haber autorizado esta locura, que quería contarle todo a Pepín pero se reprimía, porque ni él mismo podía creer hasta donde había llegado por su ambición o por su estupidez.

Amadeo por su parte estaba confuso, porque no sabía si Juvenal aceptaría los hechos y le daría la libertad para seguir actuando. Él requería de un cheque en blanco, porque estaba dispuesto a usar todo tipo y calibre de armas, en tanto se logren los objetivos. Unas veces sería el dinero, otras la persuasión política y cuando esto no funcione se aplicaría la violencia.

¿Quien lograría dominar y determinar el camino a seguir?, ¿Sería Juvenal que finalmente pondría orden y lealtad? ¿O sería Amadeo que nutriendo las ambiciones de Juvenal, retorcería todo para lograr sus vedados fines?

CAPÍTULO IX

LA HISTORIA SE REPITE

Después de varias citas frustradas para conversar, como se lo había pedido Katiuska a Miguel Angel, finalmente se reunieron. En realidad parecía que Miguel ya intuía que esta iba a ser una reunión muy difícil para él y por ello, la postergó más de tres veces, aunque esto significó no poder ver a su prometida por varios días. Esta reunión comenzó un tanto áspera.

- Miguel Angel, ya estoy enterada de tu verdadero nombre – afirmó Katiuska algo enojada y de inmediato agregó – tu apellido no es Mariote como siempre me lo dijiste, sino Pajares, Miguel Angel Pajares, el hijo del senador.

`- ¿Porqué me mentiste?, ¿porqué?, ¿porqué? – repetía Katiuska llorando copiosamente.

Allí estaban los dos enamorados, uno acusando de haber sido engañado, mientras el otro permanecía mudo, sin saber qué hacer ni cómo explicar su actitud. Pero después de algunos minutos de silencio, Miguel Angel soltó su respuesta.

- Mira Katiuska te mentí, es cierto, ¿pero qué otra cosa podía hacer?, ¿acaso me hubieras aceptado si te hubiese dicho que yo era el hijo del hombre que, mandó a la cárcel a tu propio padre?....

- Si es cierto – respondió Katiuska – jamás te hubiera aceptado. Pero me lo hubieses dicho después.

- No pude, tenía un miedo terrible que tu me rechazaras – confesó el joven.

- Y yo mi querida Katiuska, te adoro. Perdóname, yo no podría vivir sin ti – añadió Miguel abrazándola tiernamente.

- Mira querida, si nuestros padres se odiaron, nosotros no tenemos por qué heredar ese odio. Tu sabes lo bien que me llevo con tu hermano.

- Si, eso es cierto – reafirmó Katiuska – sin embargo, que quede bien claro que tu padre fraguó todo un complot para culpar a mi padre, cometiendo así una tremenda injusticia que al final, lo llevó a la muerte prematuramente y eso no puede quedar impugne.

- Estoy de acuerdo – sentenció Miguel Angel – si mi padre cometió ese crimen, porque ese es un crimen encubierto, yo me resignaré al castigo que le den, porque la justicia debe siempre prevalecer. Pero recuerda, hasta ahora todas son suposiciones no tenemos ninguna prueba que mi padre sea el autor de todo esta maldad.

Así siguieron conversando, para al final jurarse que pase lo que pase, seguirían amándose, aun contra la oposición de Hildebrando.

Pero días después otra muy diferente era la situación en casa de Hildebrando, allí las cosas no marchaban muy bien, las últimas encuestas de las próximas elecciones, dándole un amplio margen de victoria a Pepín y a su partido, le causaron una tremenda rabieta, tan grande, que casi lo mando al hospital. Hildebrando sabía muy bien que si Pepín salía elegido, tendría que huir porque de seguro, el joven líder tomaría venganza por lo que le hizo a Napoleón. Por ello vociferaba con los ojos prendidos de una gran amargura.

- Sabrán que ese Pepín, el hijo de Napoleon esta primero en las encuestas, eso es un peligro inminente para nosotros - les dijo a su mujer e hijo que lo miraban sorprendidos.

- ¿Qué pasa con este país que han elegido a ese novato?, seguro tan ladrón como su padre – repetía una y otra vez, con los ojos desorbitados por la rabia golpeando la mesa, mientras su hijo Miguel Angel y su esposa dona Victoria lo miraban sorprendidos, sin saber cómo calmarlo.

- Pero papá, si Pepín entra al congreso quizás lo puedas conocer mejor y así olvidar tus problemas con él, al fin y al cabo ni lo conoces – insinuó tímidamente el hijo. - Sabrás papá que su hermana dice que Pepín es un hombre muy justo y tranquilo, quizás deberías intentar llevarte bien con él – agregó luego.

- No seas ingenuo – replicó Hildebrando – no necesito, ni quiero conocerlo, ni voy a limar asperezas con nadie de su familia, mucho menos con él, jamás, jamás, los odio a todos ellos.

- ¿Hermana, dijiste, que hermana? – preguntó Hildebrando, como reaccionando tardíamente y mirando fijamente a su primogénito.

- Bueno….. yo conozco a su hermana porque ella también estudia en San Francisco.

- Esto es lo último que me faltaba, que tu conozcas a esa muchacha, que es pariente del que seguro tratará de arruinarme la vida muy pronto. Espero que jamás te hagas su amigo.

- Si padre – respondió Miguel Ángel para calmarlo mientras se retiraba seriamente preocupado.

Ahora su problema se había complicado aún más, no solo estaba profundamente enamorado de la hija del peor enemigo de su padre, sino que este le había prohibido siquiera tener amistad con ella. ¿Que pasaría si Hildebrando se enteraba que ambos ya eran enamorados?, pensaba, seguro que lo arrojaba de su casa, porque el odio que mostraba por el hijo de Napoleón era muy grande y había sido advertido que ese odio se extendía a toda la familia de May Lin.

Miguel Angel se quedó así meditando que hacer ahora y finalmente, se decidió a tomar el toro por las astas y empuñando el teléfono llamó a Katiuska, que de inmediato respondió.

- Aló, aló…hola amor, ¿cómo estás?…- ¿que ha sido de tu vida? – no he sabido nada de ti por varios días.

- En realidad estuve muy agripada, pero ya estoy bien ahora – respondió ella – no quise que nos viéramos para no contagiarte, tu sabes la gripe es muy contagiosa - añadió.

- Sabrás cariño, me gustaría que nos viéramos, tenemos que hablar, ¿te imaginas de qué? – preguntó.

- Claro amor, yo sé, es sobre mi hermano – respondió Katiuska imaginando que habría todo un serio conflicto en casa de Miguel Ángel, por la popularidad arrolladora que estaba cobrando la candidatura de Pepín y su partido, que ya era pan de cada día en los diarios y la radio.

- Si sobre él y también sobre mi padre, nos vemos esta noche después de clases, nos vemos cariño - terminó Miguel.

Así fue, después de sus clases ambos se reunieron en un cafetín un tanto alejado de la universidad, para no ser interrumpidos por los amigos que solían invadir todos los restaurantes y cafés cercanos.

- Katiuska - no quise decírtelo por teléfono, pero ya mi padre sabe que tu estudias Derecho y que yo te conozco, aunque por supuesto no le he dicho que soy tu amigo, ni mucho menos que nos amamos. El me ha prohibido ser tu amigo.

- Decirle que eres siquiera mi amigo, sería ahora muy imprudente – intervino Katiuska.

- Si, si…..lo que no entiendo es ¿porqué mi padre odia tanto a tu hermano y en general a toda tu familia? – se preguntó Miguel Ángel, quedando luego absorto en sus pensamientos.

- Ahora si se ha complicado todo, Miguel, porque tenemos que ocultar nuestro amor y eso no me gusta, nosotros no estamos haciendo nada malo.

- Creo que lo primero que tenemos que hacer es averiguar porqué ese odio – propuso el joven y de inmediato preguntó - ¿acaso tu padre Napoleón le hizo algo a mi padre en el pasado?

- No, no, por supuesto que no, por lo menos en el pasado que yo conozco – afirmó Katiuska - por lo visto no sabes que pasó entre tu padre y el mío en los últimos 15 años. Te lo contaré.

- Todo empezó durante el desalojo de la invasión de Piñonate – Katiuska empezó contándole todo lo que sabía de su padre e Hildebrando - a causa de la brutal actitud policial murió un niño y eso, perjudicó a tu padre, que en esa época era candidato a senador. La inesperada muerte de esa criatura armó un escándalo en la prensa, acusando a tu padre de abuso de autoridad y odio hacia la gente pobre. Con la opinión pública en contra, él no pudo candidatear en aquella época al ser vetado por su propio partido. Eso le causó una tremenda amargura y juró vengarse de mi padre. Es así que después se fraguaron pruebas y se compraron testigos, mi padre fue encarcelado acusado de malversación de los fondos de la "Asociación de Piñonate ", lo cual nunca se le probó, salvo por la confesión de testigos que fueron comprados y cuando más tarde al no poder probarle delito alguno, fue liberado, murió al poco tiempo.

- Entonces – siguió Katiuska – ¿porqué tu padre se empecina en ese odio permanente contra mi familia, odio que ahora se extiende a Pepín, a quien ni siquiera conoce. Creo que tenemos que averiguar qué hay detrás de todo esto.

- Sí, creo que tienes mucha razón – agregó Miguel Ángel - yo también he pensado en eso y creo que es lo mejor, porque sabiendo la verdad, también sabremos que hacer nosotros.

- Si eso es, vamos a investigar todo esto aunque tengamos que remontarnos al pasado – concluyó Miguel Ángel.

Mientras tanto la situación de Pepín se iba complicando cada vez más y más. Así, a los pocos días de iniciada la investigación sobre el atentado, la policía encontró en el lugar del accidente una billetera, donde halló un carnet de identidad de un tal Samuel Infantes Paquín y un número telefónico. Jamás fue posible encontrar al tal Samuel, porque esa persona ya había fallecido, llegándose a la conclusión que dicho carnet había sido fraguado, por tanto el verdadero responsable estaba vivo y suelto. Así que las investigaciones se centraron en el número telefónico encontrado, en la billetera. Muy pronto el investigador a cargo del caso quedó sorprendido, cuando descubrió que el número que tenía correspondía al teléfono de Pepín, por tanto de inmediato dio parte a sus superiores. La plana mayor de la policía debatió el asunto y las posibles implicancias y decidió seguir investigando hasta reunir alguna evidencia que esclarezca este atentado.

Días después Pedro Makiel fue citado por la policía para que efectúe sus declaraciones y explique que hacía su número telefónico en el lugar de los hechos. Por supuesto después de horas de preguntas y repreguntas nada se obtuvo, porque el líder de la "Unión Radical" no tenía idea de lo que pasó. No obstante, los medios que ya habían publicado el atentado días antes y se preguntaban quien era el responsable, pronto encontraron cantidad de material para la especulación. La noticia del número telefónico se filtró de los cuarteles policiacos a la prensa, comenzando virtualmente un enjuiciamiento público del líder político. Los diarios cercanos al gobierno empezaron a culparlo como el autor intelectual del atentado, insistiendo en la peregrina idea que Almenara no ganaría las elecciones y perdiendo representaba un potencial rival de Pepín en el futuro y por ello, este había decidido eliminarlo.

El hecho concreto era que no se encontraba un culpable, solo existía evidencia circunstancial que podía incriminar al líder de los radicales en este grave delito.

De otro lado, la prensa independiente sostenía que esta evidencia había sido plantada ex - profeso para culpar a Pepín. Este era un líder muy joven, con un partido en rápido crecimiento y no había razón para que se involucrara en un crimen de esta naturaleza, aun si Almenara representara una futura competencia. Además, nadie podía negar la posibilidad que alguien puso el número telefónico de Pepín en el lugar de los hechos, de la misma forma como falsificó el carnet del tal Samuel Infantes. Como sea, Pepín estaba ya involucrado y en un medio tan corrupto, donde la justicia no era precisamente independiente y libre para imperar, cualquier cosa podía ocurrir.

El caso estaba tan politizado que mientras el proceso seguía en las cortes aparentando un juicio normal y justo, quienes manejaban la acusación y las investigaciones optaron por dejar todo en manos del presidente de la república para que este decida. Por supuesto toda esta maraña de confabulaciones maquiavélicas se tejía en estricto secreto. Semejante actitud demostraba cuan desquiciado estaba el sistema judicial en el país. Como en el caso de don Napo, la justicia nuevamente era prefabricada.

Este era el propósito de la reunión ultra secreta que ya se producía en palacio, a la que había asistido también Hildebrando Pajares, ahora prominente senador y líder de los aristas.

- ¿Qué hacemos Sr. Presidente? – Inquirió el jefe de Policía – porque la gente reclama se encuentre al culpable. Es más, acabo de recibir una llamada del hospital y me han dado la triste noticia que el Dr. Almenara ha fallecido. Esto complica aun más las cosas.

- Pero, ¿qué tiene Ud. hasta ahora? – preguntó Aliaga.

- Nada, absolutamente nada, Sr. presidente – no existe ninguna huella y las balas encontradas, corresponden a una pistola que no se vende en el mercado nacional. Lo único que hay es el número telefónico del líder político Pedro Makiel, el conocido Pepín.

- Pero, ¿es esto suficiente para condenarlo? – preguntó Aliaga.

- Interviniendo de inmediato Hernando de Mora – el fiscal general, que también estaba en la reunión y que por supuesto era arista – la verdad tendríamos que forzar demasiado las cosas, para condenarlo, porque lo único que existe es solo una prueba circunstancial que no es suficiente. Pero Ud. sabe, todo se puede hacer si Ud. así lo dispone.

La opinión profesional del fiscal dejó sumamente preocupado al máximo líder arista, que se quedó ensimismado en sus pensamientos, mientras los demás debatían el tema.

Manuel Aliaga pensaba que este era el momento para sacar de circulación a Pepín, justo cuando este podía entrar al congreso y transformarse en un elemento muy peligroso para él y su partido. Pepín en el congreso pronto empezaría a investigar las numerosas compras cuestionadas por la prensa de oposición. De seguro se investigaría también el refinanciamiento de la deuda nacional, que había sido un tema sumamente criticado, por haber perjudicado al país y se decía, haber servido para desviar millones de dólares a manos de los líderes del gobierno. Además, el líder radical en el congreso, sería de hecho un candidato a la presidencia el siguiente periodo y esto significaría el acabose para el ARE. Por todo ello — pensó Aliaga - había que sacrificarlo, el precio de un juicio independiente y honesto era muy alto, no se podía pagar. Pero aún le quedan algunas dudas.

- Hildebrando observando al presidente pensativo, intuyó sus dudas y decidió forzarlo, para él este era el momento de acabar con el vástago de Napoleón a quien temía.

- Señor presidente — argumentó - yo creo que nunca como ahora tenemos la oportunidad de sacar de la política a ese Pepín, se está haciendo muy popular y realmente representa un peligro político para el partido y una amenaza para nuestros intereses, inclusive nuestros intereses personales.

Hildebrando remarcó muy bien los "intereses personales" como enviándole al líder del ARE, un mensaje sutil que había entre ellos muchos intereses económicos en juego que podían ser descubiertos mañana más tarde. Esto es, la corrupción ahora escondida por el gobierno de turno podía ser ventilada a la luz pública y los allí reunidos eran cómplices de ello y pagarían muy caro sus delitos. Eso convenció definitivamente a todos y por supuesto al presidente.

- Señores — interrumpió Manuel Aliaga — estamos aquí para tomar una decisión concertada en bien del país y del partido y creo, que el único camino que tenemos, como muy bien lo ha dicho Hildebrando, es hacer que Pepín pague por el daño ocasionado a don Fernando Almenara.

- Encárguese Ud. señor fiscal, que este hombre responda por sus culpas — sentenció el presidente y se levantó.

Así Aliaga terminó abruptamente la reunión, sin dar tiempo al fiscal para siquiera responder. Este último abandonó la reunión mudo, hundido en sus pensamientos sabiendo que si obedecía se haría más necesario a los líderes del ARE, de lo contrario su final estaría muy cerca, porque aquí la disciplina era absoluta y las disposiciones y órdenes se cumplían o se pagaba muy caro.

El Dr. Hernando de Mora, Fiscal de la Nación, tenía pues en sus manos una "papa caliente", debía lograr la condena de Pedro Makiel, pero con las evidencias disponibles eso era ridículo. Por más que el caso se retorciera, era virtualmente imposible lograr la condena y de ser así, la sentencia sería apelada a la corte suprema y si esta fallaba, ratificando la condena, lo cual era muy improbable, el caso podía ir a instancias internacionales y allí se perdería con seguridad. De tal modo que había que hacer algo especial para este caso.

Ya en su oficina el fiscal meditaba y de pronto alzó el teléfono y llamó a su compadre el Dr. Pacífico Huamampoma, un oscuro abogado arista por supuesto, que había defendido a narcotraficantes y a mucha gente del hampa.

- ¿Aló?, Pacífico, que tal ¿cómo estás? - preguntó el fiscal - soy Hernando tu compadre.

- Claro, ¿cómo está compadre?, ¿como está la familia y mi ahijado?, no te pregunto como estás, porque sé que muy bien – prosiguió Huamanpoma.

- Todo bien, todo bien. Necesito tu ayuda urgente. Se trata de lo siguiente y luego paso a explicarle minuciosamente el caso y la necesidad de fabricar las evidencias que inculparan a Pepín.

- No te preocupes Hernando – lo tranquilizó - yo tengo al hombre que nos dará la solución. Dame unos días para armar todo, yo te llamo el próximo lunes para explicarte los detalles.

- Perfecto, perfecto – repitió el fiscal - sabía que contaba contigo.

A partir de la fecha Pacífico Huamanpoma, ducho en arreglos con el hampa, empezó la búsqueda del hombre ideal para sus fines. En el bajo mundo buscó a un ex presidiario, un individuo que había sido condenado a 20 años de penitenciaria, por narcotráfico y asesinato de un comerciante y que el había logrado sacar a los diez años, arguyendo buena conducta y por supuesto, pagando miles de soles por la reducción efectiva de la pena. Este hombre le tenía mucha fe a Huamanpoma, era muy avezado y no temía volver a la cárcel porque ya la sentía como su segunda casa. Este era el hombre ideal para los fines del fiscal y por eso lo eligió.

Es así como se tramaba la destrucción política de Pepín, mientras este ignoraba todo este complot y por supuesto, ¡jamás imaginó que pronto se le vendría el mundo encima.

El atentado contra el candidato con más posibilidades a la presidencia de la república y sobre ello, la acusación formal contra Pedro Makiel, como el responsable de semejante barbaridad, dividió al país. La mayoría defendía con ardor al inculpado y creían ciegamente que el gobierno había sembrado la única prueba circunstancial para culparlo, porque simplemente querían destruirlo. Del otro lado estaban los aristas, los convenidos y adulones del régimen, que querían ajusticiarlo a cualquier precio y a quienes no interesaba la legalidad, ni las pruebas, en realidad ni las entendían, ni les importaba, lo que ansiaban era la cabeza del líder opositor.

Así Pedro Makiel fue detenido, privado de su libertad y formalmente acusado de ser el actor intelectual del atentado contra don Fernando Almenara y la consecuente muerte de él y su secretario, iniciándose el juicio en su contra. El joven líder y sus abogados defensores, estaban confiados que este juicio estaba ya ganado de antemano, porque era imposible condenarlo, con solo una prueba circunstancial y además, ellos sostenían que esta había sido puesta intencionalmente por el verdadero culpable para inculparlo.

Los primeros días del juicio transcurrieron con la acusación y las declaraciones del acusado, el interrogatorio de la defensa y luego del fiscal. Pero muy pronto las cosas dieron un giro totalmente imprevisto, justamente en el último interrogatorio del Fiscal.

- Sr. Pedro Makiel, alias Pepín – dijo el fiscal acusador en ese interrogatorio – diga Ud. si de alguna forma mandó, instruyó o dirigió al culpable, al hombre que causó el accidente del Dr. Fernando Almenara y que después a mansalva, le disparó a él y a su secretario.

- Yo nada tengo que ver en este atentado – afirmó Pepín muy seguro de si.

- ¿Está Ud. seguro que nada tuvo que ver en este atentado?

- Sí, señor.

- ¿Que diría Ud. si yo le muestro pruebas que Ud. está mintiendo? — replicó el fiscal.

- Eso es imposible – soy inocente.

- No más preguntas al inculpado – dijo el acusador – pido Sr. Juez, que se haga pasar a mi testigo, el Sr. Abel Ananías.

Semejante pedido del fiscal dejó perplejos a Pepín y su defensa, quienes se preguntaron ¿de donde sacaría un testigo? y ¿quien era ese Ananías?

Pronto ingresó en la sala un sujeto moreno de mediana estatura, quizás bordeando los cincuenta años. Después de la juramentación de estilo y su identificación formal, se pasó al interrogatorio, por la fiscalía.

- Diga Ud. - inició su interrogatorio el fiscal - ¿Conoce al Señor Pedro Maklel, alias Pepín?

- Claro que sí – contestó Ananías.

- No le estoy preguntando si conoce al acusado como político, como lo conocemos todos aquí en esta sala, sino personalmente, si lo une a él algún tipo de relación de amistad o negocios.

- Si lo conozco.

- ¿Cómo así?, ¿Que asunto, negocio o relación existe entre ustedes? -

- El Sr. Makiel me pidió un día que le hiciera "un trabajito" con el Sr. Almenara, fue el día de su manifestación en la plaza San Martín.

Semejante calumnia de alguien que jamás había visto, enardeció a Pepín, que rojo de ira se levantó de su asiento mientras gritaba, ¡mentiroso!, ¡farsante!, ¿quien te ha comprado? Sus abogados tuvieron que contenerlo y calmarlo, antes que el juez ordene su desalojo de la sala. El joven líder no tuvo más remedio que calmarse y contemplar atónito el teatral acto del fiscal, con su testigo comprado y ensayado para esta faena.

- ¿Que le pidió concretamente? – prosiguió el fiscal.

- Me dijo - quiero que te encargues de Almenara, elimínalo.

- ¿Y que hizo Ud.?

- Pues, obedecí sus órdenes.

- ¿Es esto suyo? – preguntó el fiscal mostrándole la billetera que se encontró en el lugar del accidente y luego agregó, ¿de quién es este número telefónico?.

- Pues del Sr Makiel – respondió Ananías muy seguro de si – yo lo llamaba a ese número.

- Cuéntenos ahora los hechos – intervino nuevamente el fiscal – ¿Cómo fue el atentado?

- Bueno, yo conocía la ruta que siempre tomaba del Dr. Almenara cuando dejaba su casa. Por eso el día del mitin lo esperé escondido en los matorrales de la Ave. Aviación, en una curva cerca de donde vivía.

- Allí estuve esperándolo desde las 7 de la noche. Yo tenía un compadre, Nacho Santibáñez, que me ayudó vigilando la puerta de su casa para avisarme cuando saliera. Apenas lo hizo, puse una enorme cruz en medio de la pista y regué con aceite de motor toda la curva, que era muy poco transitada y estaba seguro nadie pasaría antes.

Al rato, cuando cruzó el Dr. Almenara, por evitar la cruz no pudo tomar la curva y patinó volcándose sobre el canal. Minutos después cuando fui a verlo, estaba en su asiento como atrapado y de cabeza, pero volteó a mirarme y me miró fijamente como queriendo acordarse de mi rostro. Eso me dió mucho miedo que después me pudiera reconocer, por eso le disparé a él y a su compañero. Todo pasó muy rápido, ahora me arrepiento de haberle disparado. No debí hacerlo.

- ¿Pero por qué realizó este atentado si ya sabía que con ello cometía un crimen?

- Porque en esa fecha mi madre estaba muriendo y necesitaba urgente una operación y yo no tenía ni para los remedios. Hace meses estaba sin empleo y por este "trabajo" el Sr. Makiel me pagaría muy bien. Además, él me dijo que me ayudaría para no ser encarcelado si me atrapaban. Yo no tuve otro recurso, tenía que obtener ese dinero.

- ¿Cuánto le prometió pagar el Sr. Makiel?

- S/ 10,000 soles Sr. Fiscal.

- ¿Y se los pagó?

- Sí Señor.

- ¿Y por qué ahora ha venido Ud. Voluntariamente a confesar todo?

- Porque me siento muy arrepentido. Mi madre a pesar de todos mis esfuerzos y de la operación que le hicieron con el dinero que me pagó el Sr. Pepín, murió. Desde ese entonces me sueño y tengo pesadillas del atentado, creo que mi madre desde el más allá me está pidiendo que diga la verdad. Quiero por eso contar todo y pagar mis culpas, para que mi madre descanse en paz.

Frente a semejante acusación la defensa no pudo hacer absolutamente nada, el hombre se estaba acusando asimismo, como el ejecutor del atentado y de paso, inculpaba a Pepín como el autor intelectual. Inclusive, la fiscalía presentó copia de un cheque por 10,000.00 soles, supuestamente firmado por Pepín, hecho que jamás se comprobó, de todas maneras era una evidencia más que corroboraba las palabras de Ananías.

Era obvio que esto había sido sagazmente tramado, comprando un "chivo expiatorio" y fabricando un cheque con la firma fraguada de Pedro Makiel. Todo fue inteligentemente aprovechado por la parte acusadora. Inclusive en los argumentos finales para cerrar el caso, la fiscalía trató de dibujar a Pepín como un sujeto renegado. Se dijo que su padre, don Napo fue acusado de soliviantar a la gente y de apropiación ilícita de los fondos de la "Asociación de Piñonate", por lo que padeció encarcelamiento. El fiscal sostuvo que todo eso, sembró en el acusado el odio contra la sociedad y sus ansias desmedidas de poder, para vengarse de una sociedad que despreciaba. Odio que fuera acrecentándose desde su paso por la Universidad de Ingeniería, donde tuvo muchos contactos con gente de extrema izquierda. Luego en la "Universidad Mayor de San Francisco", también trabajó estrechamente con extremistas, conocidos por sus posiciones muy belicosas. Este proceso había sido hábil y mañosamente tramado por la fiscalía.

Teniendo al autor del atentado que directamente se inculpaba e involucraba a Pepín, era imposible rebatir los argumentos de la fiscalía. Así el líder radical es declarado culpable, autor intelectual de la muerte de dos personas y sentenciado a 20 años de prisión. En tanto el ejecutor Abel Ananías, lo fue a 10 años, considerando que era un hombre iletrado que en situación de pobreza extrema, hizo lo indebido para salvar a su madre.

El juicio contra Pepín fue tan escandalosamente fraguado, que ni los diarios "aristas" se atrevieron a defenderlo tenazmente, frente a la abrumadora crítica del pueblo y la prensa independiente.

En la familia las hermanas de Pepín, criticaron duramente a Miguel Angel por la absurda y abusiva actitud de su padre Hildebrando, de quien sospechaban estaba tras todo este complot y a quien culpaban como el principal intrigante y componedor de las pruebas y testigos en este oprobioso juicio.

Por su parte Miguel Angel, ya casado con Katiuska, quedó asombrado por la forma abusiva y totalmente parcializada como se había comportado la fiscalía y aunque no tenia la certeza que su padre estaba involucrado, en verdad sentía una mezcla de tristeza por lo que hacían con Pepín y vergüenza, porque su padre curiosamente nunca criticó al fiscal, ni al sistema judicial por este juicio vergonzoso. Pero desgraciadamente por ahora nada podía hacer. Aunque luego pensó, que podía enrostrar a su padre su perversa actitud con Pepín y encararlo frontalmente, pase lo que pase.

De cualquier modo el juicio contra Pepín había terminado. De nada sirvió que el día de la sentencia en las cercanías a la corte, la multitud afín a los radicales se volcara por miles y reclamara la inocencia de su líder, acusando al régimen de haber fraguado todo para eliminarlo. La justicia arista había dicho su última palabra y los hechos estaban consumados.

Ya en su oficina el Fiscal General sonreía, estaba satisfecho, había logrado lo que al principio le pareció imposible y todo gracias a su compadre Huamanpoma, por ello tenía que llamarlo y reunirse de inmediato para agradecerle.

- Compadre Ud. se pasó esta vez – dijo Hernando de Mora – ha hecho un magnífico trabajo, todas las piezas encajaron y la defensa no tuvo más que echarse. Creo que esto termina el caso y termina también a ese Makiel. Este hombre ha sido muy negativo para el régimen y teníamos que detenerlo a como dé lugar. El presidente me ha llamado para felicitarme.

- Todo está bien, pero yo creo que aquí no termina este caso – interrumpió el compadre.

- ¿Cómo qué no? – preguntó Hernando de Mora.

- ¿Qué más podemos hacer?

- Compadre – explicó Pacifico Huamanpoma – ¿que pasaría si la "Unión Radical" muy pronto domina en las dos cámaras?, las últimas encuestas le dan mayoría en la intención del voto y ya faltan solo semanas para las elecciones.

- ¿Qué pasaría si esa mayoría logra reabrir el caso?, ambos sabemos que con poder político todo se puede averiguar y por supuesto, pueden llegar a saber todo lo que hemos hecho. Nada garantiza que Ananías en un nuevo juicio mantenga lo dicho. ¿Y si bajo presión o por dinero decide decir la verdad?, nos hunde, nos liquida. Yo, compadre, no quiero correr riesgos.

- La verdad que si compadre – murmuró el fiscal – Ud. tiene mucha razón. Con toda esa gente en el congreso nuestra situación sería sumamente delicada.

- Así es, pero no se preocupe yo me encargo de todo, de tal modo que este caso no pueda abrirse jamás – afirmó Huamanpoma muy seguro de si – claro, si Ud. me apoya. Así continuaron conversando y celebrando su victoria.

Terminado el juicio y sentenciado Pepín, Miguel Angel quedó tan asqueado de la justicia y de la inercia de su padre, que días después decidió visitarlo. Llegado a casa vio la puerta entreabierta y entró sin tocar, escuchando a su padre mencionar a Pepín, lo que llamó su atención y avanzó aún más para escuchar mejor.

- Victoria estoy feliz, porque al fin acabe con Pepín, de la misma forma como acabé con su padre, ese tal Napoleón – decía Hildebrando casi gritando rebosante de felicidad, mientras su esposa lo miraba complaciente de verlo tan locuaz y alegre, como hacía tiempo no lo estaba.

- Si Victoria, Pepín ha sido sentenciado a 20 años de cárcel – añadió luego.

- ¿Y cómo se logró eso?, si el caso era sumamente difícil de ganar, tú mismo lo dijiste la última vez – inquirió la esposa de Hildebrando.

- Bueno, primero tuvimos que lograr la aprobación del presidente y luego todo lo demás fue fácil, tu sabes tenemos muchos contactos – explicó el senador.

Miguel Angel, finalmente tenía la evidencia de la culpabilidad de su padre. Pese a todas las acusaciones de la familia Makiel contra Hildebrando, él siempre tuvo la esperanza que estuvieran equivocados. Pero lo que había escuchado ahora era la prueba irrefutable que no lo estaban. Por ello sintió en lo más profundo de su corazón una tremenda decepción por su padre, por su actitud tan perversa y no soportando más, entró violentamente donde estaba reunido con su madre y lo enfrentó.

- Papá, si mereces que aun te llame así, he escuchado todo, todas las barbaridades que haz hecho. Jamás lo hubiese creído si me lo contaban. Jamás imaginé que fueras tan perverso y corrupto, capaz de dañar a una persona inocente como Pepín, que nada te ha hecho, sabiendo inclusive que él es mi cuñado, solo porque estorba tus planes políticos.

- Pero hijo te explicaré — intervino doña Victoria tratando de apaciguarlo.

- No, no hay explicación posible de lo que acabo de escuchar. Hildebrando, a quien no quiero llamar padre de ahora en adelante, prácticamente ha confesado todas sus culpas.

Mientras el joven decía esto, Hildebrando quedó mudo sin pronunciar palabra alguna, en particular cuando este lo negó como padre.

- Hildebrando yo me voy — dijo Miguel Angel con el rostro enrojecido de furia — pero recuerda, de ahora en adelante no quiero que me llames hijo, yo no puedo ser el hijo de alguien que ha sido tan sucio y malvado y justo contra el padre y hermano de mi mujer. Recuerda la vida todo lo cobra y tú pagarás por esto, aunque me duela en el alma. Diciendo esto salió, tirando la puerta tras de si.

Miguel Angel ahora ya sabía toda la verdad, pero eso no resolvía la situación de Pepín, este ya estaba encarcelado. Frente a ello, la gente de la UR estaba sumamente preocupada por la suerte de su líder. Reunidos los principales dirigentes debatían el caso.

- ¿Qué hacemos ahora? — preguntó Rosita, quien se encontraba sumamente triste por los últimos acontecimientos

- ¿Cómo vamos a dejar a Pepín encerrado por años?

- Creo que lo único que ahora podemos hacer — respondió Juvenal - es lograr que el caso se reabra apenas lleguemos al congreso y Uds. saben que lo vamos a lograr, todas las encuestas nos favorecen, el congreso será nuestro y con amplia mayoria.

- Además – prosiguió - al haber fallecido Almenara, el jurado de elecciones tiene que convocar a una elección especial, para elegir al presidente de la república y alli, tendremos otra oportunidad de lograr mayor poder.

- Por lo pronto Amadeo ya me confirmó que desde el primer día consiguió protección para Pepín en la carceleta del palacio de justicia – informó Juvenal - lo mismo está arreglando, para cuando lo trasladen a cualquier otro centro carcelario. Esto es también importante para que no abusen de nuestro líder.

- Por supuesto, es lo menos que podemos hacer – añadió Rosita.

Sin encontrar otra salida, la gente de la "Unión Radical" tuvo que resignarse a esperar. Por lo pronto Pepín sería trasladado a la penitenciaria, tal cual lo fue su padre. La historia se repetia. La suerte del padre parecía haber sido heredada por el hijo. Pero en este caso había la gran esperanza que en unos meses fuese liberado, porque el partido muy pronto tendría mucho poder político. El líder de la UR no estaba solo, tenía tras de si un equipo político poderoso y fiel que de alguna manera lo ayudaría.

Pero Juvenal a pesar de haber sostenido la idea que el caso sería reabierto apenas lleguen al congreso, no estaba muy convencido de ello. Se sentía culpable por la suerte de su querido amigo. Le dolía simplemente recordar que él había autorizado el atentado, que por alguna razón salió tan retorcido involucrando al final a Pepín. Por días no pudo conciliar el sueño, sabiendo que su compañero de tantas correrías, sufriría encarcelamiento en el peor de los presidios del país. Sentía por ello un profundo remordimiento, él había sido el hermano que nunca tuvo, de quien había recibido mucha de su inspiración política. Por él dejó la carrera de ingeniería para dedicarse a la economía y finalmente a la política con gran éxito, al punto de llegar a ser una figura nacional. A Pepín le debía todo esto, porque era el líder carismático e indiscutido que la gente apoyaba y a quien el partido le debía su vertiginoso crecimiento. Claro, muchas veces se sintió marginado a un segundo lugar, pero su querido amigo no tenía la culpa de eso, además él siempre le dió la mejor posición a su lado. Por él ahora asumía la jefatura del partido y con ello, el liderazgo de la oposición que muy pronto sería la mayoría en el congreso.

CAPÍTULO X

LA FUGA

Juvenal se sentía culpable y algo tenía que hacer, no podía esperar con los brazos cruzados hasta que el congreso reabra el caso y luego otros meses más, hasta que se descubra al verdadero culpable. Así sin más preámbulo llamó a su asesor Amadeo. Ambos estuvieron reunidos por horas, debatiendo la situación del amigo común.

Finalmente Amadeo, parándose y caminando de un lado al otro de la sala, afirmó:

- Te dije una vez que con lo del atentado tú saldrías favorecido y así ha sucedido. Ahora eres el líder indiscutido del partido y con ello, de la oposición. Claro que las cosas no salieron justo como yo las quería, pero esto no es un juego matemático de cosas exactas. Ambos sabemos que todo el juicio de Pepín fue un burdo engaño, que las pruebas fueron fabricadas, pero desgraciadamente todo se ajusta a la legalidad. Tú sabes Juvenal, la justicia no significa lograr lo que realmente es justo, sino sancionar de acuerdo a ley. La justicia actual no puede evitar que las pruebas se fabriquen o que los testigos se compren. Además, la justicia en una sociedad corrupta, es solo un instrumento de los poderosos. Así son las cosas y nada podemos hacer por ahora para impedirlo. Lo que te quiero decir es que ellos, los aristas, han usado métodos vedados para lograr encarcelar a Pepín, nosotros también podemos usar métodos vedados para liberarlo de inmediato.

- ¿Cómo? – inquirió Juvenal - ¿qué podemos hacer?

- Lograr la fuga de Pepín, simple, eso lo podemos hacer.

- ¿Cómo?, eso es imposible, ¿que se fugue de la penitenciaria? – preguntó Juvenal sorprendido.

- Es que tú no tienes toda la información que yo tengo. Te digo que tendremos muy pronto la oportunidad de sacarlo de la cárcel, porque anoche me acaban de confirmar muy confidencialmente que se está tramando un motín en la penitenciaría, que muy pronto se llevará a cabo. Recuerda que en este momento hay un enorme descontento en todas las cárceles y por supuesto en la penitenciaría por la comida, el trato y las condiciones de vida de los internos. Este es el momento propicio para una rebelión de los presos.

- Pero Amadeo eso ocasionará decenas de muertos – afirmó Juvenal sumamente preocupado.

- ¿Y que?, ¿acaso lo podemos evitar? – respondió Amadeo.

- Lo mejor que podemos hacer, lo más inteligente, si realmente queremos a nuestro amigo es aprovechar esta asonada para liberarlo. De lo contrario, morirán muchos presos en el penal en vano y ni siquiera, habremos aprovechado el movimiento para rescatar a nuestro líder. Además no te olvides, en un motín como el que se está planeando, Pepín sería uno de las primeras víctimas, te lo aseguro, inclusive con la protección que tiene. Yo no puedo garantizarle protección en medio de una rebelión.

Juvenal escuchó y se quedó pensativo. Se resistía a la idea de la fuga, era muy arriesgada, además ya la vez anterior algo salió mal y todo se complicó, ¿Qué tal si ahora sucede algo similar? Sus dudas eran muchas y muy grandes. Pero en verdad Amadeo tenía razón, si no sacaban a Pepín seguro que alguien lo mataría de producirse la asonada.

De pronto Juvenal escuchó un argumento aun más contundente, que lo decidió a secundar el plan de Amadeo definitivamente.

- Mira Juvenal – dijo Amadeo – yo sé que tú tienes muchas dudas y que esto es muy arriesgado, pero la verdad es que no tenemos otra salida, sabrás que Ananías falleció ayer, atropellado por alguien que se dio a la fuga. Extraño ¿no?, muy raro que el único que podía aclarar este enredo haya desaparecido, ahora con todo el poder del congreso no podremos probar la inocencia de Pepín, se acabó nuestra única esperanza.

- Ante semejante noticia Juvenal se quedó mudo, prácticamente sin argumentos. Jamás se imaginó que esto ocurriera, pero la verdad era que ahora todo se había complicado y quizás Pepín tendría que cumplir su condena. Era evidente que querían sepultar en vida al líder radical; que duda cabía.

- Está bien Amadeo, estoy de acuerdo, preparemos la fuga.

- ¿Pero, cómo hacerlo? – preguntó de inmediato.

- Yo tengo los contactos para trasladar a Pepín un día antes del motín a un lugar seguro en el penal y luego, el mismo día del levantamiento lo sacamos en medio de la confusión. Contamos también con la gente apropiada para eso. Acuérdate de Dionicio Parra y Ricardo Naga, los dos miembros de las fuerzas especiales del ejército que lograron hace algunos años la captura del jefe de los terroristas, pues ellos son del partido. Ahora están retirados, pero igual se de buena fuente que son muy hábiles, dominan las artes marciales y son muy diestros con las armas.

- ¿Tu crees Amadeo, que con ellos podemos lograr la liberación de Pepín?

- Claro que sí, esta gente es muy eficiente, fueron entrenados en Israel, donde están los expertos en antiterrorismo - afirmó rotundamente.

- Eso si, hay que prepararlo todo cuidadosamente y entregarle a Pepín dinero suficiente y los documentos para que pueda salir del país. Tú encárgate de eso conversando con May Lin, Katiuska y Rosita.

- Perfecto, esto es lo que haremos – sentenció Juvenal.

Durante los siguientes días los familiares de los internos empezaron una tarea de hormiga, las mujeres jugaron un rol estelar, introduciendo en el penal bajo los más ingeniosos métodos todo tipo de armas. Así se usaban las conocidas portaviandas para llevar entre los guisos o el arroz municiones, limas, piedras de afilar etc. En los pasteles y queques se hacían pasar navajas y pequeños cuchillos, inclusive hubo quienes pasaron granadas de mano y pequeñas pistolas. Así con la cooperación de los familiares de los presos se preparó el motín tratando de proveer a los internos con el máximo de herramientas, armas y municiones.

Pero esta vez Juvenal no dejó todo en manos de Amadeo. El tema del número telefónico en el caso del atentado, que de alguna forma inició todo el problema del juicio, que Amadeo nunca aclaró, le dejó la sospecha que este no le había dicho toda la verdad, algo ocultaba. Esta vez Juvenal quería asegurarse que su amigo no correría ningún riesgo y realmente lograse fugar del país, sano y salvo. Es lo menos que podía hacer por ahora. De este modo primero dio carta libre a su asesor para que organice la fuga y luego, llamó muy confidencialmente a los dos encargados de ella, para darle instrucciones precisas y les pidió no comentaran absolutamente nada con Amadeo sobre esa reunión. Encontrándose en secreto con Dionicio Parra que entraría con la guardia de asalto a la cárcel y con Ricardo Naga, que sería el encargado de sacar a Pepín en una ambulancia. Toda esta operación sería secreta, nadie en el partido a excepción de May Lin, Katiuska y Rosita lo conocían.

Tres semanas antes del sufragio nacional se encendió la mecha del motín en la penitenciaria. Un lunes de madrugada, las radioemisoras de la ciudad empezaron a dar un flash, con una noticia urgente que sobrecogió a todos. Los presos de la penitenciaría se habían amotinado desde la media noche anterior, reclamando mejor alimentación, más atención médica y en general, mejores condiciones de vida. Razón no les faltaba, porque como era de conocimiento público en esa etapa de austeridad fiscal, la mayoría de las cárceles del país estaban en pésimas condiciones. Los reclusos vivían hacinados, ya sea por su excesivo número o por la carencia de más prisiones y eran presa de tuberculosis, sífilis y un sinnúmero de enfermedades infecto contagiosas. La comida servida una vez al día, parecía para cerdos y los reos eran tratados como prisioneros de guerra, por la policía que los custodiaba.

Esta noticia puso sumamente nerviosos a todos en el partido Radical, porque en ellos se impregnó la idea que Pepín podía caer víctima de cualquier interno, habida cuenta que en su mayoría eran delincuentes avezados. En realidad en el partido no sabían de los oscuros contactos de Amadeo, que le permitieron arreglar en el penal la protección necesaria para el líder de la UR, todo con mucho dinero, por supuesto.

Conforme transcurría la mañana las cosas parecían agravarse cada vez más, porque hasta ese momento no se había producido ningún tipo de negociación entre los reos y las autoridades, por el contrario, el ministro del interior había concedido a los presidiarios tres horas de plazo, para que depongan su actitud o mandaba las fuerzas de asalto a tomar el penal.

Angustiadas May Lin, Katiuska y Rosita, a pesar que ellas tenían conocimiento que Pepín tendría ayuda desde el inicio del motín, acordaron trasladarse cerca del presidio de inmediato. Una vez allí se dieron con la sorpresa que la policía ya había acordonado todo el perímetro de la cárcel y no dejaba, que nadie se aproxime a menos de 100 metros de sus paredes. Rosita en ese momento recordó, que en una calle adyacente tenía una amiga que vivía en el quinto piso de un edificio y desde el cual podían contemplar algo de lo que ocurría en el presidio. Por ello como pudieron salieron presurosas hacia aquel lugar, llegados donde la amiga esta las hizo pasar de inmediato.

Pronto se empezó a ver dos columnas de humo, que salían del lado sur de la cárcel y se escucharon varias explosiones, seguidas del estrépito de disparos de metralleta. Media hora después, las autoridades dieron estricta orden para que la policía en el interior del penal no responda las llamadas telefónicas de la prensa, que hasta ese momento habían sido la única fuente de información de lo que ocurría en su interior.

Las cosas evidentemente eran muy graves en el penal. A esas horas se podía ver con horror a numerosos reclusos corriendo por la parte alta del presidio, los que eran ametrallados por la policía, apilándose sus cadáveres unos encima de otros. Pero esto no parecía arredrarlos, pues subían más y más, como en un avispero, abalanzándose de repente a una de las torres vigías, al punto que muy pronto lograron capturarla, aniquilando al policía ocupante. Pírrica victoria, de estos reos que habían pagado un alto precio en vidas humanas. En efecto, se podía ver innumerables muertos sobre el techo, algunos de los cuales en su último suspiro habían caído con medio cuerpo colgando al borde de la pared, para luego desplomarse pesadamente al suelo.

No pasarían 15 minutos cuando se vio llegar varios camiones de la guardia de asalto, el gobierno ya había ordenado se tome el presidio. Estos eran los más feroces entre la policía e iban armados hasta los dientes. Este comando entró rápidamente al recinto carcelario y adentro, se pudo ver de inmediato entre ellos a Dionisio Parra, como uno de los integrantes del grupo de asalto. ¿Como hizo para infiltrarse?, nadie lo supo, pero se sabía que con dinero y buenos contactos todo era posible. A continuación arreciaron los disparos por un largo rato, mientras que por todo el techo del penal se veía una densa humareda y se sentía un penetrante olor, eran los gases lacrimógenos que habían inundado todo el presidio.

Por los techos todavía se podía divisar muchos presos peleando cuerpo a cuerpo con los policías de la prisión, unos con largos cuchillos, otros con machetes probablemente de fabricación casera y otros inclusive, con bayonetas y armamento policial, que seguramente quitaron a los custodios caídos.

En el interior del penal, apenas ingresó el comando de asalto se repartieron por todos los ambientes disparando, lanzando gases lacrimógenos y varazos a cuantos se oponían en su camino, abriéndose paso violentamente. Se vio a Dionicio, que velozmente corrió hacia la oficina del director del penal, era evidente que todo estaba planeado y él solo seguía el plan. Allí encontró a Pepín acompañado de tres custodios que celosamente lo protegían. Rápidamente Dionicio le entregó un chaleco anti-balas que había traído, luego lo echaron en una camilla que ya tenía lista, lo cubrieron completamente con una sábana y lo sacaron hacia el patio central del presidio, donde esperaban varias ambulancias. Ricardo Naga que ya estaba en el interior del penal, había cargado en su ambulancia a otro herido muy grave y en estado inconsciente, rápidamente corrió hacia Dionicio al verlo, diciéndole que suba él con la camilla a su vehículo. En pocos minutos la ambulancia manejada por Ricardo dejaba atrás el penal, enrumbándose velozmente hacia el Hospital Obrero. En el camino coordinaba con su compañero.

- Dionicio, ten todo listo y que Pepín se prepare también — le decía - porque en cinco minutos voy a detenerme y ustedes se bajarán. Toma este estuche aquí está la llave del carro que tienes que abordar, es un Ford azul que en la antena tiene una banderita verde, aquí están también las instrucciones y dirección donde tienes que ir, será hacia el sur, cerca de Arequipa.

- De acuerdo Ricardo, así lo haré, no te preocupes.

Luego la ambulancia se detuvo apenas un instante, bajando rápidamente Pepín y Dionicio, quienes abordaron el Ford azul alejándose velozmente.

Más tarde, cuando ya parecía que la rebelión había sido sofocada, sacaban del penal a los reos heridos y fallecidos casi todos bañados en sangre, muchos mutilados, otros inclusive decapitados y los iban colocando como reses sobre unos camiones.

Nunca se supo en verdad cuantos fueron los caídos realmente, entre May Lin y Katiuska contaron más de 120 solo en el techo, pero se corrió la voz que en el interior del penal se habían apilado numerosos muertos y heridos y se les había prendido fuego, armándose una hoguera diabólica cuya fuerte olor a carne humana quemada se filtró por todo el presidio. Sobre esto las autoridades jamás dieron cifras exactas. Ellos prometieron, como es usual en estos casos, hacer una profunda investigación y castigar a los culpables caiga quien caiga, claro los resultados de tal investigación durmieron el sueño de los justos, para nunca despertar.

Por varias horas May Lin y sus amigas estuvieron en ascuas, esperando noticias del presidio infructuosamente, ellas estaban muy nerviosas, porque hasta ese momento no habían recibido ninguna noticia de Dionicio ni Ricardo. La angustia carcomía por momentos sus esperanzas de ver a Pepín al menos sano y salvo, pero solo podían esperar. En estas circunstancias la paciencia era la virtud más valiosa. Las autoridades no daban todavía la relación de los caídos.

Al día siguiente del motín muy temprano May Lin recibió una llamada telefónica de alguien que le dijo "el pez está en el agua", te llamaré y luego colgó, esta era la clave que Dionicio y Ricardo le habían dicho, indicaría que todo había salido bien y Pepín estaba a salvo. Esta fugaz llamada la hizo saltar de alegría, era la frase que esperaba.

La prensa hablada y escrita publicaba, por su lado comentarios y fotografías del dantesco cuadro de muertos regados en los pasadizos, cuerpos desmembrados y huellas de sangre en paredes y escaleras, pero no se publicaba la relación de los fallecidos.

Finalmente, al cabo del tercer día, salió la tan esperada relación de los caídos, supervivientes y desaparecidos en todos los diarios. Pepín no figuraba entre los caídos, tampoco entre los supervivientes y se le había incluido entre los desaparecidos.

Ahora lo siguiente era ir en busca de Pepín, por ello May Lin tenía que alistarse y en ello era ayudada por Katiuska y Rosita. En cualquier momento tendría que partir, por eso se dedicaron a reunir dinero en efectivo y preparar los pasaportes y una pequeña maleta, porque lo sensato era dejar el país.

Dos días después casi al entrar la noche alguien llegó de improviso a casa de May Lin, era Rosita que apenas entró le dijo, me manda Ricardo Naga, no tenemos mucho tiempo ponte esta ropa, levántate el cabello y ponte esta gorra para que simules ser hombre y salgamos de inmediato. Pronto May Lin salía presurosa abrazando a Rosita como si fuera su pareja, abordaron su vehículo y partieron rápidamente.

- May Lin – dijo Rosita- Pepín te estará esperando cerca de Arequipa. Apenas te encuentres con él deben partir al sur, hacia Santa Cruz, Bolivia, allá los aguarda un contacto, ya todo está arreglado. Sigue exactamente las instrucciones que te doy en esta página.

– Ahorita mismo nos están siguiendo – dijo Rosita, mientras miraba por el espejo retrovisor - deben ser de la policía secreta. Recuerda, mientras estés en el país seguirán tus pasos para dar con Pepín, por eso tienes que cambiar de carro. Luego con su celular llamó de inmediato a alguien.

- ¡Aló!, Ricardo, ¡aló! – repetía Rosita con algo de angustia.

- ¡Aló! Rosita, ¿dónde estás? – le contestó este.

- Estoy justo en el cruce de la Ave. Grau y Abancay y me dirijo a donde estas; nos vienen siguiendo.

- No te preocupes, toma la avenida Grau como quien se va al "zanjón", trata de alejarte un poco de la policía secreta y luego volteas rápidamente hacia Parinacochas donde está mi casa, yo estaré esperando allí.

- Perfecto Ricardo, allá voy.

- Luego Rosita - dirigiéndose a su amiga - le dijo: May Lin, escucha bien, iremos directo por Grau luego yo voltearé hacia Parinacochas, allí justo a media cuadra te dejaré, bajarás rápidamente y te subirás en un mustang verde con una raya amarilla en medio del capot, que estará parqueado con el motor encendido, lo maneja Ricardo Naga, tu lo conoces.

- Si claro, lo conozco es un hombre de confianza.

Así lo hicieron y pronto May Lin dejó el auto de Rosita y subió al mustang verde, que manejaba Ricardo, dirigiéndose al sur, mientras Rosita viró hacia el norte velozmente.

- Gracias a Dios que nos estas ayudando — musitó May Lin.

- No te preocupes yo te llevaré donde está Pepín — la tranquilizó Ricardo.

La policía no se había quedado convencida de la suerte del líder radical y sospechaba que había fugado, por ello siguió el auto de Rosita creyendo que allí también viajaba May Lin. Así estuvieron tras ella por casi tres horas, hasta llegar al pueblo de Huarmey donde ella se detuvo. Grande fue su sorpresa cuando vieron detenerse a Rosita y salir sola de su auto ingresando a su casa. Era obvio que habían perdido valioso tiempo y que ella los entretuvo. De inmediato llamaron a sus superiores para informar que habían perdido el rastro de los fugitivos.

El fiasco de la policía siguiendo a Rosita enfureció al jefe policial que con aprobación del ministro del interior, ordenó la búsqueda de Pedro Makiel y su pareja, por aire y tierra en toda la zona norte, porque se imaginaron que huirían del país hacia Ecuador.

- En unos minutos quiero que salgan en busca de May Lin y recorran toda la zona norte hasta Aguas Verdes, en el límite con Ecuador — dijo el jefe de la policía - sé de buena fuente que ella nos llevará donde se encuentra Pepín. Este desgraciado se ha fugado, es el dato que tengo. De tal modo que necesito que peinen todo el área y me encuentren a ese ¡hijo de puta!, ¡vivo o muerto!

- Quiero que partan en este momento, tomen tres helicópteros y varias unidades móviles si es necesario, pero lo capturan.

Pronto salieron rápidamente más de cien agentes en helicópteros, en autos, algunos en motocicletas, todas bien armados y con radio o celulares para comunicarse entre sí, en el curso de la persecución. Unos se dirigieron a la casa de May Lin, otros a la de Juvenal y al local del partido Radical, pero la mayoría a peinar todo el norte del país, buscando a los prófugos en todos los posibles lugares donde creían podía encontrarse. En dos horas la policía había tejido una inmensa red humana para su captura, la misma que se iba extendiendo progresivamente por toda la capital y más allá. Por supuesto habían ordenado desde el inicio su detención si aparecían en el aeropuerto y dispusieron también, la vigilancia con patrullas policiales en todas las principales carreteras de salida de la capital. Pero ya era tarde, May Lin y Ricardo habían dejada atrás la capital y estaban a más de 400 kilómetros de ella.

Es así como horas después, Ricardo detenía su vehiculo en un caserío, cerca de la carretera Panamericana sur que corría paralela a la playa, allí Pepín salió acompañado de Dionicio de una modesta casita. El reencuentro con May Lin fue muy emotivo, pues más de una vez en la mente de ambos se cruzó la idea que ya no se volverían a ver, se abrazaron y besaron por unos minutos. Pero el tiempo seguía corriendo y el peligro todavía estaba latente, había que seguir adelante hacia Puno.

- Vamos suban todos al auto — dijo Pepín — tu Dionisio, comienza manejando, ya haz descansado un poco.

- Si jefe, con gusto.

- Ya está cayendo la noche — prosiguió Pepín — no podemos perder un instante, viajaremos toda la noche hasta llegar a la frontera. Aquí llevamos algo de comer para el camino.

Horas más tarde cruzaban la frontera camino a la ciudad de Santa Cruz. En el cruce tuvieron un pequeño problema con la policía, estos los detuvieron por un momento, alegando que en el pasaporte de May Lin faltaba un sello, lo que era solo un pretexto para lograr una prebenda. Por un instante esto preocupó a todos, pensando que ya existía una orden de captura contra ellos en la frontera, pero nada de esto. Quinientos soles resolvieron el impase y pronto el grupo siguio su camino.

La policía nunca encontró a los fugitivos, su rastro se perdió totalmente porque toda la búsqueda se dirigió hacia el norte, creyendo torpemente que hacia allá se habían dirigido. Este fracaso dejó muy mal parado al jefe de policía y al propio ministro del interior, pero ya era muy tarde para imponer disciplina.

Algún tiempo después se efectuaron las elecciones con la victoria de la UR. Llegado el día de la juramentación del nuevo congreso, del ARE quedaba solo el presidente, a quien se le había extendido su periodo por seis meses, mientras se convocaba a nuevas elecciones para elegir un nuevo presidente de la república.

Por su lado Juvenal respiraba tranquilo, había sido informado que Pepín ya estaba a salvo en Santa Cruz y que pronto viajaría a Europa con May Lin. Su alegría fue doble porque además, él había sido elegido para presidir la cámara de diputados donde la "Unión Radical" tenía una mayoría aplastante. Pero la actitud traicionera de Amadeo lo tenía muy mortificado y empañaba su felicidad. En efecto, Juvenal había sido informado por Dionicio desde el inicio de la operación de las verdaderas intenciones de Amadeo, quien había ordenado se elimine a Pepín apenas salga de la prisión. Por supuesto la orden no se hubiese cumplido porque, aunque Amadeo nunca lo supo, Ricardo y Dionicio eran muy amigos de Pepín y lo respetaban y reconocían con su único líder, ellos jamás lo hubieran asesinado. Además, Juvenal ya había dado la contra orden de poner a salvo a Pepín a como de lugar.

Por su parte Amadeo fue informado que Pepín escapó cuando la ambulancia se dirigía al hospital, esto le dejó un amargo sabor y quedó por años como una espada de Damocles sobre su cabeza, porque si Pepín se enteraba que el había tramado toda la fuga y había dado la orden de liquidarlo, quedaría al descubierto como un traidor y allí estaría en graves problemas.

Juvenal ya conociendo la real personalidad de Amadeo y de lo que era capaz, decidió no enfrentarlo sino aislarlo lo más posible, así fue enviado para dirigir una empresa pública importante localizada en la Amazonía. Se le dieron recursos y se le rodeó de gente de confianza de Juvenal, de tal manera de tener al líder del partido muy informado de las acciones de su ex - asesor, además se le retiró discretamente de todo cargo dirigencial, para quitarle toda fuerza política. Esto fue notado por Amadeo, que se sintió marginado. Calladamente soportaba su malestar, meditando sobre la conveniencia de vengarse de Juvenal. Muchas veces pensó que si lo hacía, podía resultar en un "boomerang" que después barrería con él, porque Juvenal no estaba solo. Además, ¿quien sería su nuevo líder?, ¿podría acaso encumbrarse rápidamente con el que surga? Todo esto le parecía muy aventurado y como dice el dicho, "más vale malo conocido que bueno por conocer" y prefirió dejar las cosas como estaban. Su nueva estrategia tenía que esperar, por lo pronto había que aguantar en silencio y agazaparse en la mediocridad.

CAPÍTULO XI

DESENREDANDO EL NUDO

Mientras tanto Katiuska y Miguel Angel retomaron el compromiso que habían hecho algún tiempo atrás, de averiguar porqué Hildebrando odiaba tanto a la familia Makiel, aun sabiendo que Miguel Ángel era parte de esta familia. Con este objetivo pronto se dedicaron a preguntar cautelosamente a uno y otro familiar, sobre el pasado de Napoleón e Hildebrando, sin mayores resultados. Miguel trató de hacerlo con su madre pero no logró nada. Katiuska por su lado le preguntó a doña Delfina y fue muy poco lo que ella sabía, pero le sugirió hablar con doña Domitila, le dijo que ella era amiga de don Napo desde hace muchos años, inclusive conoció a los padres de Napoleón.

Katiuska apenas escuchó esto le brillaron los ojos y realmente sintió en su corazón que esa era la clave para conocer el pasado de su padre. Es así como esa misma noche llamó a doña Domitila y le pidió conversar sobre la niñez y juventud de su padre, quien aceptó gustosa. Ya en casa de doña Domitila, Katiuska y Miguel Angel se abalanzaron a preguntar.

- Domitila Ud. ha sido la mejor amiga de mi padre — le dijo Katiuska — y por ello es que venimos, para que nos cuente sobre su vida. Nos interesa saber por qué él ha sido víctima de ese odio acérrimo de Hildebrando.

- Yo creo saber la razón – contestó Domitila, causando un tremendo alivio en la joven pareja.

- Recuerdo que Napoleón vivía con doña Sara y Julio Makiel, sus padres, el tendría 8 o 9 años cuando don Julio se divorció, más que por su decisión a pedido de Sara. Ellos discutían mucho y se recriminaban el uno al otro, ella lo acusaba de tener otro compromiso. El lo negaba al principio, pero después lo admitió y eso precipitó el divorcio. Don Julio tuvo una amante que se llamaba Juana, quien fue la madre de Hildebrando.

- Entonces, ¿Hildebrando es medio hermano de mi padre Napoleón? – preguntó Katiuska con cara de asombro.

- Bueno eso es lo que se suponía, pero ya veraz la verdad.

- Pero, ¿por qué ese odio? – Inquirió Katiuska – sin entender.

- Espera, no comas ansias hija – respondió doña Domitila con voz pausada – mientras miraba hacia arriba, como tratando de recordar los tiempos idos.

- Yo creo que la madre de Hildebrando, era una mujer muy mala, pues le inculcó a su hijo desde muy niño un odio profundo hacia Napoleón. Tal parece que doña Juana, nunca perdonó a don Julio que no se casara con ella, a pesar de haberse divorciado de Sara.

- Después, cuando Napo tenía como 14 años - siguió narrándoles la anciana Domitila - sufrió un grave accidente automovilístico viajando con su padre a provincias, en este accidente don Julio falleció, pero protegió a su primogénito. Pues en el rescate se encontró a don Julio abrazando a Napoleón y con un fierro retorcido incrustado en su espalda, en realidad él había salvado así a su hijo de una muerte segura.

La madre aprovechó la muerte de don Julio para acrecentar al extremo el odio de Hildebrando, diciéndole a su hijo que por culpa de Napoleón había muerto su padre e hizo jurar a Hildebrando que algún día lo vengaría. En realidad este muchacho fue traumado por su madre y vivió todos estos años buscando como vengar a su padre y la víctima era Napoleón.

- Pero Domitila, entonces nosotros somos primos y estamos casados — preguntó preocupada Katiuska, mientras miraba a Miguel Angel que se quedó mudo.

- No precisamente.

- Pues mucho después se supo que Hildebrando no era realmente hijo de Julio Makiel — afirmó Domitila — como veras. Después de la muerte de don Julio Makiel, la madre de Hildebrando trató de reclamar una de las dos casas que este había dejado y para ello entabló un juicio a doña Sara. Para su desgracia lo perdió y lo que es peor, durante el juicio el fiscal comprobó que Hildebrando no era hijo de Don Julio, sino de otro hombre con quien doña Juana tuvo un desliz. De tal modo que Hildebrando y Napo no eran hermanos, todo fue una mentira sostenida por Juana por años. Ella le había dicho a don Julio que Hildebrando era su hijo, pero le pidió que no le pusiera su apellido para que Sara no se enterase. Esta mentira fue tantas veces repetida, que don Julio murió creyendo que Hildebrando era su hijo y por el contrario, Napoleón nunca supo que tenía un supuesto hermano llamado Hildebrando, porque don Julio jamás se lo dijo.

- Por todo esto es que la madre de Hildebrando tenía tanto odio contra Napoleón y quizás además, porque nunca pudo tener un hijo con don Julio Makiel. Ella en realidad fue la autora intelectual de tanta desgracia en tu familia y convirtió a su hijo

Hildebrando en el instrumento de su maldad. Ojala Dios la haya perdonado, porque años después murió sufriendo mucho de un cáncer que la tuvo enferma por un largo tiempo.

- Ahora entiendo de donde nació tanto rencor de mi padre contra don Napoleón – afirmó Miguel Angel - sin embargo creo que ese odio enfermizo, solo pudo ser producto de un trauma que le fue creado desde su niñez.

- Eso mismo creo yo – añadió Katiuska dando por terminada la reunión y agradeciéndole a doña Domitila por este inmenso favor. Ahora ya sabían la verdad.

CAPÍTULO XII

EL DESTIERRO

Pepín y May Lin se habían quedado alrededor de una semana en la hermosa ciudad de Santa Cruz, para luego partir hacia Londres con visa de asilados políticos. Pronto abordarían el avión que los llevaría al viejo mundo. En el largo trayecto, el joven político hacia planes para su ingreso a la prestigiosa Universidad de Cambridge donde seguiría sus estudios de doctorado, camino largo y difícil pero que lo entusiasmaba. Afortunadamente May Lin tenía los medios económicos y los contactos que le ayudarían en este nuevo desafío de la vida.

Llegados a Londres lo primero que hicieron ambos fue matricularse en un curso intensivo de ingles, para refrescar lo que ya habían estudiado en el conocido Instituto Cultural Peruano Británico, donde usualmente asistían muchos de los que deseaban aprender este idioma. La vida en la capital inglesa les agradó mucho. Esta era sumamente tranquila, sin las inseguridades de su ciudad natal y transcurría entre el trabajo que ya habían logrado y las prolongadas tertulias con los amigos latinoamericanos y algunos ingleses, intercalando al menos una vez por semana una llamada telefónica con sus padres y en particular con Katiuska. Pero la tranquilidad de esta apacible vida muy pronto se alteró, al recibir la grata noticia que Pepín había sido admitido en la escuela de postgrado de la Universidad de Cambridge. A partir de ese momento la rutina de la pareja cambió diametralmente, todo se centralizó alrededor del campus universitario y Pepín se enfrascó en sus estudios con alma, corazón y vida. Pero muy pronto se tuvieron que dar tiempo para criar a su primera hija y al año siguiente al segundo, un varoncito. Ambos trajeron mucha alegría al hogar y la necesidad de vivir posteriormente, fuera del campus.

Un día escuchando noticias de Latinoamérica, se enteraron de la muerte repentina de un tal Julián Rubianes, alias el "Negro Rubianes", un delincuente que había sido el hombre que ejecutó el atentado contra don Fernando Almenara, que finalmente le causó la muerte. La prensa escrita y hablada dio abundante información recordando este caso. Por esas cosas extrañas de la vida el "Negro" había sufrido un violento accidente donde murió, pero antes arrepentido, confesó a la policía que él había sido el criminal que por años se buscó en el sonado caso de Almenara. Pidió perdón a Dios para salvar su alma, al país por acabar con la vida de un valioso hombre y a Pepín por su encarcelamiento injustificado, aunque no llegó a decir quien fue el autor intelectual de ese crimen, salvando así al verdadero responsable, Amadeo.

Al poco tiempo los tribunales declararon completamente inocente a Pedro Makiel, restablecieron todos sus derechos civiles y le ofrecieron una disculpa a nombre de la nación. Esto lo alegró mucho y vio florecer nuevamente sus ansias de volver a su país a continuar con su obra inconclusa. En la universidad, las autoridades y sus colegas vieron finalmente confirmada la convicción que ellos tenían de su inocencia y lo que siempre sospecharon, que todo había sido fabricado para sacarlo de la arena política.

Habrían transcurrido cuatro años desde que Pepín empezó sus estudios, aprobando todos los cursos con notas sobresalientes y ya se alistaba, para reunir los requisitos finales para graduarse.

Llegó el momento de pensar en la tesis y a eso se había abocado.

La pareja Makiel con una familia de por medio, más de una vez debatieron la conveniencia de regresar a la patria o quedarse en el viejo mundo, pero más pudo la nostalgia o quizás las ansias de retornar a la política.

En esos años Juvenal era líder indiscutido de la "Unión Radical" y virtualmente el presidente de la república en la sombra, porque mucho de lo que se hacía en el país era su hechura. Ya se había depurado completamente el poder judicial y la policía, de los jueces, secretarios y policías corruptos y ahora, se podía asegurar que estas instituciones eran un modelo de honestidad. Asimismo, se había procesado y despedido a directores y ejecutivos corruptos de las empresas públicas y de los ministerios, de tal modo que si bien el Estado no era un modelo de eficiencia, al menos se manejaba con absoluta honestidad. La campaña nacional contra la corrupción era uno de los pilares del gobierno y de la UR en particular y había sido tan profunda y amplia, que se tuvieron que abrir proceso judicial a más de 10,000 personas, quienes fueron sentenciados y encarcelados. Entre ellos estaban muchos líderes del ARE, la mayoría de ellos enjuiciados por malversación de fondos del Estado. Estaba también Amadeo, quien fue hallado culpable y sentenciado a 10 años de prisión, por delitos de enriquecimiento ilícito. Asimismo cayó en desgracia don Hernando de Mora, que fuera denunciado por numerosos familiares de varios presos, como un fiscal corrupto, por falsificar pruebas y enriquecerse usando su cargo. Hallado culpable fue sentenciado a 15 años de cárcel. Pacífico Huamanpoma nunca fue procesado, pero al final murió a manos de un criminal que el mismo había defendido anteriormente.

Por su lado Hildebrando Pajares fue también incluido en una investigación, iniciada por la fiscalía, sin embargo no habiendo pruebas ni testigos que evidencien su culpabilidad, quedó libre.

Miguel Angel, un hombre sumamente honesto, le asqueaba todo lo que fuera corrupción y por supuesto creía que su padre debía pagar por todo lo malo que hizo en el pasado, en particular por todo el daño que le causó a su cuñado, aunque la sola idea de que fuera a prisión le dolía en lo más profundo de su ser. Pero finalmente se decidió a denunciar todo lo que sabía de su padre, no sin antes hablar con su esposa.

- Katuiska, me voy a la fiscalía para acusar a mi padre – le dijo un día sumamente cabizbajo - lo tengo que hacer, no solo porque las víctimas han sido tu padre y tu hermano, sino porque este país tiene que limpiarse de tanta corrupción y abuso, cueste lo que cueste.

- Está bien querido hazlo, yo lo siento mucho pero tu padre ha hecho tanto daño que seríamos unos insensatos sino colaboramos así con la limpieza que se está haciendo en el país. Ve querido, ve a cumplir con tu deber.

- Así es como Miguel Ángel narró ante la fiscalía todo lo que sabía de las maquinaciones de Hildebrando. Después de esto Miguel Angel no pudo conciliar el sueño por varios días, le dolía mucho siquiera imaginar que su padre iría a la cárcel por años y por ello se decidió a darle una oportunidad. Así fue como decidido lo llamó por teléfono.

- ¡Aló!, ¡aló!,……..Hildebrando ¿me escuchas? – preguntó.

- Si Miguel, te escucho – respondió su interlocutor secamente.

- Hace unos días te he denunciado ante la oficina del fiscal y les he narrado con lujo de detalle todo lo que se de ti. Te lo advertí. Ahora creo que nada te salvará de la cárcel. Pero sé que eso te causará un gran dolor y al fin tú eres mi padre. Por eso quiero darte una oportunidad, escapa, escapa ahora que puedes.

Abandona tu cargo, abandona la política y huye antes que sea tarde - dicho esto colgó.

Al día siguiente el congreso comunicó a Hildebrando que se había aprobado por mayoría suspenderlo en su cargo de senador, mientras se procedía a investigarlo, quitándole así la inmunidad parlamentaria.

Frente a todo esto HIldebrando decidió huir de inmediato, dejó su cargo repentinamente y desapareció. Nadie supo a donde fue. Unos dicen que se internó en las serranías con falsa identidad, otros que salió del país, lo cierto es que por más que la policía lo buscó nunca fue hallado.

La caída de Hildebrando fue uno de los últimos episodios de la lucha contra la corrupción, emprendida por el gobierno. Terminar con esa lacra había sido el lema del régimen y en verdad lo estaba cumpliendo, la nación ya era diferente, la coima que en el pasado fue moneda de cambio había desaparecido y las autoridades eran honestas y la ley se cumplía estrictamente. Sin embargo el país seguía con la pesada carga de su atraso, no crecía rápidamente, no se había modernizado y los problemas de pobreza y aguda desigualdad, se mantenían anclados en lo más profundo de la realidad nacional, agobiando a la mayoría de la población.

Pepín conocía esta realidad y estaba decidido a resolver estos graves problemas, por ello él, May Lin y sus dos hijos volvieron al país, ese día fue de júbilo para todos en el partido y en general para millones de ciudadanos, porque finalmente retornaba el hombre esperado, aquel que tenía la suficiente lucidez y los conocimientos para sacar a la nación de ese atraso en que se encontraba postrado por décadas. El nombre del ahora Dr. Makiel, siempre estuvo presente en el país, sea a través de sus frecuentes artículos en los principales diarios y revistas, haciendo noticia por sus investigaciones sobre la realidad de los países pobres. Todo esto era profusamente divulgado por la prensa independiente, que siempre le tuvo simpatía, porque veían en él a un líder muy carismático y un hombre honesto, con mucha energía y deseos de cambio, pero especialmente con una clarísima visión de lo que se debía hacer, en materia económica. En realidad era la única esperanza para una nación donde la clase política lo había convertido en su coto de caza desde inicios de la república, con esa terca tendencia a la corrupción y al enriquecimiento ilícito. A tal punto era esa conducta social, que casi no había un solo político que no tuviera una mácula de corruptela en su pasado.

Ahora en todo el territorio nacional, el tema del día eran los cambios que se venían con Pedro Makiel y su posible ascenso a la primera magistratura de la nación, jamás se imaginaron la profundidad y originalidad de estos cambios. Pepín por su lado, ya tenía el boceto de las grandes reformas que aplicaría, pero tampoco se imaginaba que todos no abrazarían de inmediato sus propuestas, ni menos la magnitud de la oposición vocinglera, tenaz y hasta peligrosa, que le esperaba en su tierra querida.

CAPÍTULO XIII

CONSTRUYENDO EL PARAÍSO

En el aeropuerto internacional una multitud esperaba a Pedro Makiel y su familia, los recibían con banderolas y anuncios, proclamando al joven líder como el futuro presidente y jefe nato del partido radical. Ese día fue de mucha agitación para todos, especialmente para los dirigentes y parlamentarios de la "Unión Radical", que fueron en bloque a recibir a su líder.

Bajaba por la escalinata del avión primero Pepín, luego May Lin acompañada de sus dos hijos. La gente de inmediato inició un coro de vivas y hurras por el líder. Al pie de la escalinata estaba Juvenal, presidente de la cámara de diputados y el vicepresidente de la república, quien había sido encomendado por el propio mandatario, don José Cuba de la Puente, para brindarle al recién llegado una magnífica recepción.

La gente comenzó a corear de inmediato, ¡Pepín!, ¡Pepín!, ¡Pepín!, ¡que hable!, ¡que hable! Era pues el momento de recordar los tiempos idos y dejar salir las ideas y los sentimientos, como siempre lo había hecho y para lo cual él era un maestro.

- Queridos amigos del partido – empezó – nunca como ahora he sentido en mi corazón y mi alma un regocijo tan grande. Volver a la patria querida, después de más de un lustro de ausencia, es como recibir un chorro de agua fresca después de un caluroso día en pleno sol.

- En Europa nos han tratado muy bien y les estamos agradecidos eternamente, porque creyeron en nuestra verdad. Pero yo sé que Uds., mi pueblo amado, también creyó en mí. Uds. nunca dejaron de creer en mi inocencia, de eso estoy seguro.

- Ahora, después que los nubarrones de la mentira y la calumnia se han disipado, puedo decir, ¡aquí estoy!. ¡Aquí estoy!, para empezar nuestra gran tarea, la tarea histórica de reconstruir el país.

- ¡Bravo!, ¡viva Pepín!, ¡vivan los radicales! – gritaba la gente.

- Se muy bien que el país ha progresado mucho, acabando con la corrupción generalizada que estaba carcomiendo las entrañas de la nación, como un cáncer. Ese ha sido un magnífico trabajo que Juvenal y todo el partido lograron realizar. Gracias a todos los que tuvieron la valentía de denunciar a los corruptos y a los convenidos, a los que siempre lucraron de nuestra patria.

- Gracias a todos Uds. ahora podemos decir, este es un país donde la honestidad es la regla general y donde impera la justicia. Gracias, porque ahora libre de la carroña, podemos empezar la gran tarea de reformar económicamente nuestra nación, para combatir ese otro mal que arrastramos desde inicios de la república: la pobreza, especialmente la pobreza extrema. A eso vamos a dedicar los próximos años, esa es nuestra siguiente gran batalla. Acabar con la pobreza y construir una nueva nación es nuestra meta, una nación de modernidad, de progreso constante, una tierra de oportunidades

- Gracias amigos por venir a recibirme. Ahora quiero que se comprometan a estar conmigo en la gran tarea que nos espera, en la tarea de cambiar a nuestra tierra de una nación débil y subdesarrollada a una moderna, en franco y constante crecimiento.

- ¡Si Pepín!, ¡lo juramos!, ¡estamos contigo Pepín!, ¡guíanos!, ¡guíanos tú!, - vociferaba la multitud.

Así siguió la muchedumbre, gritando y aplaudiendo a su líder y entonando canciones del partido. Se había iniciado de esta forma la nueva cruzada liderada por el jefe de la UR, para refundar la república.

En los siguientes días Pepín fue proclamado por su partido Jefe Vitalicio, título que fue propuesto por Juvenal y aprobado por aclamación por todos los dirigentes del partido. En esa misma oportunidad la dirigencia nacional se reunía para elegir a sus nuevos líderes y de paso, aprobar las candidaturas para las próximas elecciones. Una semana duraron estas reuniones hasta que finalmente se aprobó la lista de candidatos. El partido iba al proceso electoral con lista completa, se lanzaba solo, sin alianzas con nadie y postulando a la presidencia de la república al Dr. Pedro Makiel, con Juvenal y Romaña en la primera y segunda vicepresidencia. Encabezaban la lista de senadores Juvenal y en segundo lugar Chapi y la lista de diputados era liderada por Katiuska y Rosita. El día de la proclamación de la plancha electoral fue apoteósico. Estaban incluidos todos los fundadores de la Unión Radical a la cabeza Pepín, May Lin, Katiuska, le seguía Romaña, Chapi, Julio Sandi, Rosita, Dionicio Parra, Julio Naga, Pepe Jernández, Mary Zalloa etc. No figuraba Amadeo porque ya había sido expulsado del partido, cuando se le comprobó que estaba incurso en graves delitos de corrupción en agravio del Estado.

Cuando las celebraciones culminaron y el agotador día había terminado, Juvenal le pidió a Pepín una reunión urgente, quería tratar asuntos personales y del partido, pero de extrema confidencialidad, según dijo.

Mas tarde en esa reunión privada, donde solo estaban Pepín, May Lin y Juvenal, este último empezó diciendo:

- Les he pedido encarecidamente esta reunión, porque quiero que sepan algo que es de suma importancia para mí y que he guardado por años, pero ya no puedo más.

- ¿Que es Juve?, habla — interrumpió May Lin.

- Se trata del accidente de Fernando Almenara...titubeó por un instante y luego agregó — sabrán, yo fui quien autorizó al traidor de Amadeo que simulara un atentado contra don Fernando.

- ¿Tu Juvenal? — inquirió May Lin con tono de asombro, mientras Pepín quedó enterrado en un gran silencio, incrédulo de lo que escuchaba.

- En aquel entonces Amadeo me aseguró que no pasaría nada — prosiguió Juvenal - que solo se trataba de simular un atentado contra Almenara, provocándole un accidente para volcar la votación de aquella fecha en nuestro favor, porque todos pensarían que fue un atentado tramado por el ARE.

- Desgraciadamente yo fui tan entúpido de no decirte nada y lo autoricé.

- Uds. recordarán que a consecuencia de ello, don Fernando quedó gravemente herido y en coma y posteriormente falleció — añadió Juvenal finalmente.

- Pero suponiendo que quien lo hizo solo provocó el accidente, ¿cómo resultó don Fernando y su secretario abaleados? — inquirió May Lin.

- Amadeo me juró y rejuró que el nunca ordenó los disparos. Me dijo que quizás el ejecutor lo hizo, por temor a ser reconocido posteriormente. El argumentaba que por ello después del atentado el hombre desapareció por completo – respondió Juvenal.

- Nosotros nos enteramos que Ananías, fue solo un testigo comprado, el verdadero culpable fue Julián Rubianes – observo May Lin.

- Claro – reafirmó Juvenal - después nos enteramos que Ananías fue solo un culpable comprado por el fiscal, para involucrarte como el autor intelectual del atentado. El fiscal era el hombre del ARE cuya misión era destruirte políticamente y para ello, había buscado un "chivo expiatorio". Por eso para que no descubran esta falsedad después lo liquidaron.

- El verdadero culpable no apareció sino años después. Se borró de la faz de la tierra, a pesar de todos los esfuerzos que hizo la policía. Yo mismo visité numerosas veces al ministro del interior y al jefe de policía para que investiguen y busquen por todo el país, si había realmente otro culpable.

- Fue recién años después por esas cosas de la vida, que el autor del atentado contra Almenara, se identificó él mismo como Julián Rubianes o el "Negro Rubianes". Esto ocurrió cuando sufrió un fatal accidente y antes de morir confesó ser el autor de la muerte de Almenara. Historia que ustedes también conocen, porque fue noticia mundial.

- Si claro, nosotros nos enteramos de eso en Londres. – añadió May Lin.

- Pero Juvenal, ¿cómo pudiste seguir confiando en Amadeo si fue capaz de tamaño crimen? – insistió ella.

- Porque la verdad yo he sido tan ingenuo con Amadeo, que hasta ahora no lo entiendo. No se como pude creerle que el no tuvo nada que ver con la muerte de Almenara, quizás porque siempre se mostraba dramáticamente triste, así el día que me contó lo del atentado, lloró amargamente como sintiendo un profundo pesar por haberte involucrado.

– Así todos los acontecimientos posteriores se fueron precipitando – prosiguió Juvenal - uno tras otro atándome con Amadeo. Luego vino la repentina y sospechosa muerte de Ananías, el hombre que te incriminó en el atentado de Fernando y con lo cual perdimos toda esperanza de reabrir el juicio para liberarte. Eso me obligó a estar de acuerdo con tu fuga que también armó Amadeo, pero esa vez yo directamente me aseguré que nada te ocurriera.

- La verdad, he sido tan estúpido y ciego, ¿cómo pude dejarme engañar por ese hombre?

- Entonces, ¿cuando te convenciste que Amadeo no era un amigo leal? – preguntó Makiel.

- Con el motín de la penitenciaria.

- En esa época, Amadeo enterado que se iba a producir un motín en la penitenciaria, organizó tu huída. Claro que costó mucho dinero pero se hizo. Pero esa vez yo no dejé todo en sus manos, sino me interpuse coordinando con Dionicio Parra y Ricardo Naga, los hombres que te ayudaron a escapar y quienes Amadeo, no sabía eran tus amigos de la infancia y yo los conocía muy bien. Por ellos me enteré que Amadeo les había ordenado que te eliminaran, cosa que nunca lo habrían hecho y por el contrario, siguieron fielmente mis instrucciones de liberarte y sacarte fuera del país.

- ¡Que tal Amadeo!, si que resultó un grandísimo traidor – agregó Pepín - pero lo hizo muy bien, inclusive me logró protección un día antes de la rebelión, porque el penal durante el motín se transformó en un infierno.

- ¿Y donde está Amadeo ahora? – inquirió Pepín.

- Está preso, fue encontrado culpable de recibir coimas en las obras de la empresa estatal de la cual era presidente del directorio y fue condenado a 10 años de carcel, que aun esta purgando.

- He querido contarles esto – dijo muy arrepentido Juvenal – porque nosotros siempre nos hemos dicho la verdad y si yo esta vez he tardado en hacerlo, ha sido solo mi culpa. Quiero pedirles perdón por todo el mal que involuntariamente les causé, perdón se los pido de todo corazón.

- Ahora que me llevas en tu formula presidencial, es para mi un gran honor, pero te pido aceptes mi renuncia, quiero retirarme del partido y de la política. He cometido una grave falta contra Uds. que lo único que me han brindado siempre es amistad sincera y lealtad. Yo les fallé, ahora les pido perdón y permítanme que me aleje.

Pepín que lo había escuchado atentamente, sintió que el hombre decía la verdad desde muy dentro de su alma, por ello lo interrumpió.

- Juvenal, quédate, quédate con nosotros - le dijo – tu eres mi hermano, creo en ti, creo en lo que me haz dicho y te pido me acompañes, que todavía no hemos empezado la gran tarea de transformar nuestro país. Te necesitamos.

- Yo también te pido que te quedes – dijo May Lin – yo también te quiero como mi hermano. Hagamos desde ahora una promesa de contarnos todo y ser leales, que recién empieza lo más difícil, donde abundarán las traiciones y los atentados. Así terminó esta inusual reunión donde entre los tres sellaron un juramento de honor y de fidelidad de por vida.

En las semanas siguientes empezó la campaña electoral y la ardua tarea de terminar el Plan de Gobierno y nuevamente visitar el país pueblo por pueblo, villorio por villorio.

Por su lado la oposición en la que destacaba el ARE en una alianza con lo más reaccionarios, se alistaban para competir, por supuesto usando como siempre todo tipo de armas, inclusive el fraude. En efecto, los dirigentes del ARE prosiguieron afinando su plan para retorcer los resultados de numerosas provincias del interior, porque creían que en los pueblos más alejados y en los sitios rurales, no había suficiente representación de la "Unión Radical" ni tampoco del Jurado Electoral. En realidad no tenían otra alternativa, todos los caminos se le iban cerrando. El régimen de José Cuba de la Puente había gobernado para los pobres y había saneado el país de esa pesada lacra de la corrupción que dejo el ARE y que se había enraizado, desde la cúspide del poder político. Eso era ya un gran logro que el pueblo aplaudía, porque le daba la oportunidad de vivir en una nación donde la honestidad y la decencia realmente imperaban. Por el contrario, la oposición que ahora la presidia el ARE seguía desprestigiándose aún más.

Llegado el día del sufragio, todos los pronósticos daban el triunfo seguro a la UR. Esto se notaba en el ambiente, en las conversaciones en los autobuses, en los mercados y ahora, en las mismas "colas" delante de las mesas de sufragio.

El día de las elecciones transcurrió básicamente tranquilo en todo el país, sin mayores incidentes salvo dos en provincias. El primero, porque el presidente de una mesa de sufragio llegó totalmente embriagado y hubo que sacarlo a la fuerza de su puesto y reemplazarlo por otra persona. En el segundo caso, un miembro de mesa sufrió un infarto y tuvo que ser también retirado y llevado de inmediato a emergencia.

El ARE trató en vano de introducir 200,000 votos falsificados en las provincias más alejadas de la capital, pero fueron denunciados a tiempo y no pudieron consumar su delito. La alianza del ARE no pudo hacer absolutamente nada para torcer las cosas a su favor, casi todas las mesas estaban totalmente cubiertas por personeros del partido Radical y en las pocas que no habían, el pueblo mismo quedó vigilante que todo se hiciera en regla y de acuerdo a ley.

A las once de la noche los primeros sondeos de dos canales de televisión llevados a cabo con más de 5,000 entrevistados a boca de urna, arrogaban una victoria cómada para Pepín de 65% sobre 30% del ingeniero Samas, candidato de la alianza del ARE. Esto llevó gran alegría a las huestes de los radicales. La suerte ya estaba echada y Pepín resultó ganador por abrumadora mayoría, logró con ello también, la mayoria en ambas cámaras del congreso.

Es así como Pepín es ungido Presidente de la República y a las pocas semanas juraba con todo su gabinete. Ese día proclamó la creación de una nación totalmente diferente, donde lo fundamental sería la equidad, donde el desarrollo acelerado no descuidaría el apoyo a los más necesitados y donde el país en su conjunto, garantizaba a todos igualdad de oportunidades. Con tal fin entregó al congreso un voluminoso paquete de reformas, que trasformarían radicalmente el país.

Estas reformas trajeron mucho malestar en los grupos de poder y como siempre, mucha gente común y corriente, inclusive agricultores y hasta desempleados se plegaron al malestar, no por interés de clase sino llevados por la propaganda mentirosa de la oposición. Pero lo más peligroso era el trabajo soterrado de las cúpulas de poder económico, para movilizar a las fuerzas armadas, destinado a lanzar un "golpe de Estado", con el pretexto que las nuevas reformas violaban la constitución y las libertades ciudadanas.

El malestar tuvo acogida en un pequeño sector de las Fuerzas Armadas. El complot estaba en marcha desde hacía semanas antes de la juramentación. En efecto, desde principios de julio la gente del ARE había logrado enterarse que el nuevo régimen promulgaría drásticas medidas. Eso había alborotado a la oposición, que finalmente logró convencer a un grupo de generales acantonados en Lima para empezar una revuelta. El ARE pese a sus esfuerzos conectando a casi todo los oficiales con rango de generales y con mando de tropa, le fue imposible captar a la mayoría de ellos, por lo cual optaron por lanzar el "golpe" con solo dos cuarteles que tenían de su lado, de un total de seis en Lima. Con esas fuerzas esperaban capturar al presidente de la república y los principales miembros del ejecutivo y sacarlos del país, ocurrido lo cual, estaban seguros que el resto de las Fuerzas Armadas se plegarían a la insurrección. La asonada se había preparado para iniciarla el 29 de julio, día del desfile militar.

Así llegaron las fiestas patrias celebrando la independencia nacional y el país lo conmemoraba radiante de nacionalismo, con tres días festivos del 27 al 29 de julio. Si bien por la pobreza franciscana en que se vivía, casi todas las ceremonias ya no eran como antaño, sin embargo todavía la gente especialmente la humilde, disfrutaba de esta fiesta cívica. Estos días la mayoría no trabajaba, no lo hacían los empleados públicos, los bancos, tampoco muchas empresas privadas. El trabajo se limitaba a proporcionar los servicios básicos, como el de transporte, comunicaciones, hospitales, mercados entre otros.

La capital como las provincias, hasta los pueblos más alejados en las cordilleras o en la cuenca amazónica, amanecieron embanderadas. Todos los edificios se engalanaron con los colores patrios. Las faldas de los cerros y los arenales circundantes a la capital, sembrados de millares de humildes viviendas, también se vistieron de gala cívica.

En las "barriadas" de ayer, ahora llamadas eufemísticamente "pueblos jóvenes" muy de manana se podía contemplar como bajaban por sus serpenteantes calles, miles de moradores con sus mejores diuendos, presurosos para abordar el bus o "micro", como le llamaban comúnmente, para dirigirse al "Campo de Marte", la gran plaza donde se apretujarían después por algunas horas, para contemplar el desfile militar. El 27 de julio habían desfilado los estudiantes de todos los colegios secundarios de la capital, aunque ese desfile tuvo numerosos espectadores, el de hoy era mucho más concurrido.

Ya la tribuna principal en el "Campo de Marte", ubicada a un lado del parque y sobre una amplia avenida estaba totalmente llena, su sección popular la ocupaba el público que alcanzó sitio. En el palco estaban los invitados de honor, los burócratas de alto rango, sus familiares, los ministros y en el centro de ese palco, quedaban algunas sillas vacías acordonadas por una cinta roja, en espera del presidente y la primera dama. Toda esa avenida estaba bordeada por miles de curiosos a lo largo de varias cuadras. En ambos lados de la tribuna, decenas de policías a pie y a caballo recorrían la avenida, cuidando que la gente se mantenga a raya. Al fondo se veía la banda de música de la marina y de la guardia republicana, tocando ritmos militares y por momentos música popular.

Todo el inmenso parque lucía teñido de los colores patrios por las cientos de banderas de los militares y las miles de banderitas que la gente hondeaba al paso de sus favoritos. Pero como en toda fiesta en esta, no faltaba ni la música ni la comida. Junto a los acordes militares se mezclaban la música popular ya sea la marinera, la resbalosa, el tondero, el huayno, el huaylas y la música negroide. Las vivanderas con sus carretas de comida, sus braceros y parrillas humeantes daban el toque típico a esta fiesta popular. Este era un aspecto de la "cultura chicha" que ya se había apoderado de la capital desde hacia años, donde se mezclaba el criollismo vocinglero, la música escandalosa y el chauvinismo vociferante.

Todo estaba listo para la llegada del primer mandatario. Diversos escuadrones de soldados, marinos, aviadores, militares de ingeniería, de la sanidad y contingentes de policías, también estaban preparados para empezar el desfile. Mas allá se podía contemplar un escuadrón de tanques de guerra, camiones blindados, jeeps artillados, en fin, había una muestra de cuanto equipo bélico tenían las Fuerzas Armadas. En este marco estrictamente militar, un fogoso animador hacía memoria de los hechos acaecidos en la gloriosa gesta libertaria hace más de ciento noventa años.

De repente, uno de los animadores anunció el ingreso del presidente a la plaza. El primer mandatario llegaba en coche descubierto, avanzando lentamente por la avenida principal que daba al palco de honor, mientras el animador enronquecido se deshacía en alabanzas y loas para el régimen de turno. Ya instalado el presidente en el palco de honor, la banda de la marina entonaba el himno nacional y el coro inmenso de civiles y militares allí reunidos, cantaban sus estrofas con gran fervor cívico.

Terminado el himno nacional, empezó el desfile con la policía, luego seguiría la marina, la aviación y para cerrar el desfile el ejército.

Mientras uno de los animadores anunciaba el paso de cada grupo militar en el momento que desfilaban por la tribuna de honor, saludando al presidente y al comando castrense, los otros se turnaban en la arenga a los militares y repetían cortas remembranzas del pasado histórico del país, la gesta de la independencia y el inicio de la república. Las bandas militares también se alternaban, en tanto la gente jubilosa aplaudía engolosinada con esta fiesta, donde todos transpiraban patriotismo.

Los que más descollaron en el destile a juzgar por los vítores y aplausos de la muchedumbre, fueron los del cuerpo de asalto anti-terrorista, por su vestimenta atuendos y equipo, así como por su porte castrense y sus demostraciones que hacían de las artes marciales en la que eran expertos. Asimismo, se ganó muchas palmas, la fuerza especial de la policía de asalto, con sus enormes perros entrenados para atacar y capturar a los criminales y sus especialistas en Taekwondo y Jujitsu.

En esta magna festividad, el público no cejó en aplaudir el paso de los tanques de guerra, los camiones artillados y los misiles de mediano alcance, armamento casi todo de origen ruso, comprado hace años durante el ochenio de la dictadura militar. Equipo bastante obsoleto pero ante la neófita multitud, representaba un gran poderío bélico.

No habrían pasado cuatro unidades, de una larga línea como de veinte tanques, cuando repentinamente uno de ellos se detuvo y girando apuntó su cañón a la tribuna presidencial. La multitud que presenciaba el desfile al ver semejante actitud amenazadora, lanzó un grito de susto al unísono, mientras contemplaban perplejos lo que sus ojos veían pero no lo podían creer. Luego llegaron varios camiones cargados de soldados quienes bajaron y rápidamente se dirigieron al estrado presidencial, tomando prisionero al presidente de la república, los dos vicepresidentes y a sus ministros. Todos ellos fueron llevados de inmediato a tres camionetas cerradas y desaparecieron velozmente. La gente no sabía que hacer, unos estaban aterrados, las mujeres lloraban mientras otros empezaron a vociferar, ¡traicioneros!, ¡golpistas!, ¡vendidos! Estos fueron inmediatamente acallados por la policía que estaba en las inmediaciones a varazos o amenazando con sus fusiles.

Repentinamente pronto aparecieron tres helicópteros, volando a baja altura y avisando a la multitud con sus poderosos altoparlantes, que todos debían retirarse de inmediato, que el desfile había terminado y que vayan a sus casas a esperar las noticias. Ante esto y la amenazadora actitud de los soldados y la policía, la multitud empezó a retirarse. La gente se marchaba confundida en su mayoría, aunque algunos querían rebelarse, pero no sabiendo que hacer y sin un líder desistían y también se retiraban.

Minutos más tarde llegaban al cuartel del Rímac velozmente varios vehículos blindados y camiones con numerosos soldados y un capitán al comando, se vio que llegaban también los miembros del gobierno, ahora cautivos.

- ¡Traiga Ud. a los prisioneros! - ordenó el general, un tipo regordete llamado Alan Ruffo, al comando de este cuartel.

- ¡A la orden mi general! – respondió el capitán, que estaba a cargo de la soldadesca. Luego en la puerta del despacho – gritó - ¡que pasen los prisioneros!

De inmediato el presidente y su séquito ingresaron al despacho del general custodiados por varios soldados y el capitán.

- Ellos son el ex - presidente don Pedro Makiel y los dos ex – vice presidentes Juvenal Rebollar y Julio Romaña – dijo el capitán dirigiéndose al general.

- El general al verlos – puso al instante una cara de sorpresa y gritando dijo – ¡estos no son los verdaderos!, ¡este no es Pepín, ni Juvenal, ni Romaña!, yo los conozco perfectamente, estos son sus dobles. ¡Son ustedes unos perfectos estúpidos!, ¡hemos sido timados!

- ¿Está seguro? – preguntó el capitán con una cara de asombro.

- ¡Por supuesto!, ¡segurísimo!

- ¿Y ahora qué hacemos?

- Pues tenemos que huir, cuanto antes. Los del gobierno vendrán en cualquier momento a capturarnos. Luego salieron a la carrera para abordar varios vehículos allí estacionados y lanzarse en su loca huida. En el camino prendieron la radio para enterarse si había alguna noticia y casi se desmayan cuando escucharon lo que ya casi todas las emisoras propalaban. RPP, Radio Programas, la radioemisora especializada en noticias, en ese momento trasmitía lo último.

- Ahora desde un lugar no identificado – decía el locutor – vamos a escuchar las palabras de nuestro auténtico presidente de la República, el hombre que fue elegido por el pueblo pero que un grupo de antipatriotas quiso derrocar. Sin más, cedo la palabra al presidente Dr. Pedro Makiel.

- ¡Compatriotas! – empezó Pepín - hoy día los enemigos del pueblo que siempre se disfrazaron o que siempre estuvieron ocultos, por fin dieron la cara. Hoy día esos traidores intentaron dar un "golpe de estado" y derrocarme. Pero ellos olvidaron que lo que el pueblo elige nadie lo corrige.

- Un grupo minúsculo de militares traidores, en un absurdo intento, complotaron contra el gobierno y se atrevieron a dirigir sus cañones amenazando al presidente y a todos los dignatarios del país. Nosotros ya sabíamos de estas movimientos subterráneos de los traidores, fuimos advertidos por gente que está muy cerca de ellos y les hemos jugado la peor humillación de su vida, simplemente capturaron a nuestros dobles. Yo estoy a salvo y junto a mi, están el primer y segundo vicepresidentes.

- En estos precisos momentos está dirigiéndose hacia el cuartel del Rímac el general; Martínez, jefe de la división blindada de

Surco, para pedir a los insurrectos su rendición incondicional. Esperamos que su necedad no sea tan grande y se rindan de inmediato.

- Asimismo, sabemos de buena fuente que las fuerzas leales al gobierno ya están tras la pista de los prófugos golpistas, los dirigentes del ARE Enrique Zamudio, Pedro Smirnoff, Grimaldo Huilka y Carlos Raport.

Efectivamente seis helicópteros ya peinaban toda la ciudad, uno de ellos divisó a lo lejos en la carretera que va hacia el norte, un vehiculo sospechoso y acercándose notó la presencia de un general y cuatro civiles, eran incuestionablemente los fugitivos, inmediatamente se comunicaron con el ejército que ya se desplazaba por diferentes puntos de la capital y en media hora estaban dos jeeps tras el vehiculo sospechoso.

- ¡Deténganse!, ¡salgan de la pista inmediatamente! - les gritaba el soldado que los seguía de cerca.

Mientras tanto, un helicóptero que volaba encima de ellos, en minutos se puso frente al auto fugitivo apuntándole con sus poderosas ametralladoras. Esto indudablemente atemorizó a los fugitivos que de inmediato detuvieron el vehículo fuera de la carretera. Todo el tránsito había sido interrumpido por este operativo y ya se veía saliendo del auto perseguido a cinco individuos, eran nada menos que los cuatro principales dirigentes del ARE y el general, que había estado en el cuartel del Rímac. De inmediato todos fueron apresados y conducidos de vuelta para ser juzgados por delitos de sedición.

Así terminó esta intentona por derrocar al nuevo régimen. Los generales involucrados fueron dados de baja y condenados a veinte años de prisión en una cárcel común y no en el fuero militar. Los civiles todos del ARE, fueron también condenados por subversión y sentenciados a veinte años.

A esto siguieron varios atentados para matar al presidente y a Juvenal pero ninguno tuvo éxito, todos fueron develados oportunamente o abatidos, cuando ocurrieron. Ello obligó al gobierno a proceder a una depuración de la alta oficialidad en las Fuerzas Armadas, dando de baja o retirando prematuramente a numerosos oficiales, que tenían relaciones o afinidad con los aristas o que no comulgaban, con las ideas del gobierno.

En el ámbito civil por su lado ocurrieron algunas protestas muy singulares, pero todas terminaron por fracasar ante el empuje del nuevo gobierno y el apoyo masivo del pueblo.

CAPÍTULO XIV

EPÍLOGO

Si bien el gobierno se consolidaba rápidamente, el matrimonio de Katiuska y Miguel Angel, amenazaba con derrumbarse y no por infidelidad de alguno de ellos, sino por una desgracia que ya tocaba a sus puertas. En efecto, de repente Miguel había caído gravemente enfermo. Después de numerosas visitas a varios médicos y especialistas, se llegó a la conclusión que el joven Miguel necesitaba un transplante urgente de riñón. Su salud se estaba deteriorando a paso acelerado y de no recibir ese trasplante lo antes posible, moriría irremediablemente. Por ello se había empezado la búsqueda incansable por un donante pero no se halló ninguno y el tiempo corría inexorablemente, llenando de nerviosismo a Katiuska y en general a toda la familia Makiel.

La grave dolencia de Miguel Angel se convirtió en noticia pública y así llegó a oídos de Hildebrando, que en ese entonces se encontraba en un pueblito de la serranía. La gravedad de Miguel Angel sorprendió a Hildebrando, habida cuenta que su hijo era joven y aparentemente lleno de salud y sin dudarlo un instante, entendió que había llegado el momento para hacer algo noble por su hijo y decidió llamar a Katiuska, lo antes posible.

- ¡Aló Katiuska!, aló!, soy yo Hildebrando – le dijo a su hija política.

- Hildebrando, ¿que desea?, nosotros no tenemos nada que hablar, pase buenos días – respondió Katiuska un tanto incómoda.

- Espera, espera.... no cuelgues, sólo escúchame dame un par de segundos y no te vuelvo a llamar – agregó Hildebrando, casi suplicante.

- Bueno, dígame lo que tenga que decirme pero rápido.

- Estoy enterado que mi hijo está muy enfermo y necesita un transplante de riñón urgente. Sabrás que cuando él era aún un niño yo le di sangre y el médico en un comentario me dijo, que nosotros éramos compatibles y que eso era bueno por si algún día teníamos que donarnos un órgano, claro el suponía que mi hijo me donaría a mi. Pues ahora yo quiero donarle un riñón y si es necesario los dos, estoy decidido a darle mi vida si es necesario, para compensarlos en algo por todo el daño que les hice a ustedes en el pasado.

- Está bien, está bien Hildebrando estamos tan urgidos de un donante compatible para Miguel que no te puedo decir no, de ninguna manera – respondió Katiuska – llorando de alegría porque al fin, encontraba alguien con grandes posibilidades de salvar a su querido esposo.

- Venga urgente Hildebrando lo esperamos – terminó – llena de felicidad.

- Claro, claro que sí, hoy mismo parto para allá.

Es así como Hildebrando se presentó rápidamente en el hospital donde ya estaba internado Miguel Angel, para iniciar los preparativos del transplante. Al ver a su hijo pálido y muy delgado algo le dijo dentro de sí que llegaba justo a tiempo para salvarlo. Hildebrando había sido un ser muy egoísta y perverso, pero los años escondido en su exilio voluntario lo habían transformado radicalmente. Llegado donde estaba Miguel Angel, Hildebrando se arrodilló al lado de su cama y agarrándole la mano le pidió perdón.

- Perdón hijo querido por todo lo que te hice, perdón a Kathuisca y a toda su familia por los graves daños que les ocasioné – repetía Hildebrando muy acongojado mientras unas lágrimas surcaban sus mejillas. Dios quiera que Napoleón me perdone por todo el daño que le hice.

- Hijo, he venido porque primero quiero donarte un riñón y después me entregaré a la justicia para pagar mis culpas, que importa si al hacer eso muero en la cárcel. Quizás yo quede encerrado hasta mis últimos días, pero mi alma estará ya tranquila sin esos remordimientos que he venido sufriendo en los últimos años. Miguel Ángel, permíteme que te salve yo estoy seguro que soy compatible contigo – le pidió Hildebrando a su hijo.

- Gracias padre, gracias por cambiar, gracias por acordarte de mi y gracias por querer ser un hombre de bien – agregó Miguel Angel mientras abrazaba a su padre.

No pasarían dos semanas y ya Miguel estaba recuperado y sano en casa. Por su lado Hildebrando se entregó a la justicia y públicamente declaró haber armado todo el complot contra Napoleón, así como haber sido activo partícipe en las maquinaciones que retorcieron el juicio contra Pepín. También acusó públicamente a los dirigentes del ARE, en particular al ex presidente Manuel Aliaga, de ser el culpable de corromper al país desde la cumbre del poder político. Pidió perdón a Pepín, por el terrible daño que le hizo a él y a su padre Napoleón.

Posteriormente se sometió a derecho y fue procesado por los delitos de falsificación de pruebas y testigos, perjurio y abuso de autoridad. Por ello fue sentenciado a 10 años de privación de su libertad. El mismo día que fue enviado a prisión la prensa anunció también que se había producido una fuga, en una cárcel en el sur del país y que uno de los prófugos era Amadeo, quien había desaparecido sin dejar rastro alguno.

Mientras tanto, el país veía terminar el segundo periodo de Pedro Makiel como presidente, las mayorías le pedían que siguiera al frente del gobierno para un tercero, pero él se resistía porque ello violaría la constitución. Aunque Pepín tenía un formidable prestigio en el ámbito internacional, creía que un tercer periodo podía dañar la democracia, que por fin se había fortalecido después de décadas de ser casi destruida. Por eso prefería que el partido siguiera gobernando, pero que otro sea el presidente y por supuesto, su candidato era indudablemente Juvenal. Sobre esto y otros temas más personales el presidente quería conversar con su amigo de toda la vida, por ello esa mañana se levantó muy temprano y desde palacio lo llamó.

- Aló, ¿Juvenal?- preguntó Pepín.

- ¿Cómo está Señor presidente? – le respondió su interlocutor.

- Déjate de presidente.

- Está bien, está bien ...¿cómo estás Pepín?

- Quiero que vengas a palacio tenemos que conversar. Luego almorzaremos y después en la tarde nos reunimos en Consejo de Ministros, recuerda la agenda de esta semana está muy recargada.

- Perfecto Pepín, ahora mismo salgo, ¿desayunamos juntos?

- Por supuesto, te espero.

Una vez reunidos, iniciaron una larga plática que duraría más de tres horas. Pepín empezó reafirmando su decisión de no seguir al mando del régimen.

- Juvenal, tú serás el candidato del partido, yo mismo te voy a proponer en la próxima reunión. Empieza a trabajar en tu Plan de Gobierno, para los diez años que vienen.

- ¿Estás de acuerdo?

- Por supuesto amigo, con gusto. Es para mi un honor tomar la posta de tus manos y te aseguro que mi plan, seguirá la senda que tu ya empezaste.

- De esto no se diga más y avancemos. Ahora quiero hablarte de algo que hace tiempo me tiene preocupado.

- Sabrás que desde hace tres meses más o menos tengo sueños recurrentes, el mismo que se repite con pequeñas variantes. Sueño que estoy en un pueblo de fantasía, pero no veo ni a May Lin, ni a mis hijos, ni a ustedes los del partido. Todos son gente desconocida, pero en cambio si he visto a mis padres y otros familiares ya fallecidos.

- ¿Qué raro, que podrá indicarte ese sueño recurrente que tienes? — afirmó Juvenal muy pensativo.

- No sé. ¿Te acuerdas lo que dijo hace años la señora Vicky, la pitonisa, jugando mis cartas allá en Veracruz?

- Claro que si y no negarás que casi todo se te cumplió, volviste al país a estudiar otra carrera, sufriste cárcel, viajaste por varios años al extranjero y llegaste a la cumbre política.

- Si, pero también recordarás que ella me dijo que no veía los años postreros de mi vida y allí terminó bruscamente la cita. A lo mejor si los vio, pero no quiso decírmelo.

- Quizás Pepín. ¿Quieres que busque alguien que sepa jugar bien las cartas?

- No Juvenal, lo que ha de ser que sea. Yo cumplí mi tarea ahora te toca a ti. Lo que quiero es que sepas lo que ahora pienso respecto a nuestros logros y a lo que debiéramos hacer en el futuro.

- Tu sabes, que yo no soy muy creyente en adivinos ni en las cartas, aunque tampoco me atrevo a desechar ese tipo de cosas. Por eso los vaticinios de Vicky siempre me dejaron muy pensativo, fueron demasiados para considerarlos coincidencias.

- Además, quiero preparar las cosas por si algo me pasa.

- Juvenal, tú sabes como hemos cambiado nuestro país – prosiguió Pepín - con ello yo creía que estábamos contribuyendo a terminar definitivamente con la angustia y el sufrimiento de nuestra gente. Pero tal parece que no es así, me temo que ahora están surgiendo nuevos males, que son tan graves o quizás peores que los anteriores. Has visto como ha crecido la especulación a pesar de las sanciones tan drásticas que se imponen, como la brecha entre ricos y pobres sigue tan amplia como antaño. Los pobres de antes han mejorado mucho, pero los nuevos ricos son muchísimos más ricos que antes y la brecha entre ambos sigue igual. La libre competencia en el mercado al final está resultando un mito, porque no contribuye al beneficio de todos, siempre surgen numerosas empresas que tratan de explotar no solo a sus trabajadores, sino a los consumidores también. Por otro lado, se ha reducido la mortandad por desnutrición pero, está aumentando la mortandad a causa del colesterol y la diabetes, por enfermedades cardiovasculares o por tensión y ansiedad.

Se ha eliminado la mendicidad, pero están aumentando increíblemente los divorcios y el número de madres solteras. Inclusive se nota un incremento en los suicidios, esto indicaría que el sufrimiento de mucha gente sigue a niveles muy altos.

- Así es Pepín. Eso también lo he notado. Lo peor es que en el mundo desarrollado también están surgiendo nuevos problemas, tan graves como los de antaño. Se ha reducido grandemente la pobreza, pero no así la tremenda desigualdad entre ricos y pobres y esto es un grave problema, porque existiendo una democracia donde el dinero tiene tanta y quizás más influencia que el voto popular, la voluntad mayoritaria es generalmente desvirtuada. En adición, se está produciendo una creciente tendencia al divorcio, cambiando radicalmente el concepto de la familia, donde las madres solteras ahora se cuentan por millones. Aunado a ello además del alcoholismo, crece fuertemente la drogadicción, el pandillerismo y el terrorismo interno. Sin mencionar el grave problema del belicismo en que están envueltos los países desarrollados más poderosos del mundo. Gastando en armas ingentes sumas de dinero que bien podrían dedicarse a resolver los angustiantes problemas en los países más pobres e inclusive, dentro de los mismos países ricos.

- Me pregunto — agregó Juvenal - si eso pasa en los países más modernos y ricos del mundo, ¿que nos espera a nosotros mañana más tarde?

- Si, ¿qué nos espera?- repitió Pepín, meditando pausadamente sus palabras - creo que la respuesta a los males del mundo, no lo vamos a encontrar imponiendo otro sistema económico o por más que desarrollemos nuestro país. Creo que las causas de los males de la humanidad están en el hombre y no fuera de él, por ello debemos reorientar nuestro desarrollo. Debemos buscar un desarrollo social, un desarrollo que ponga más énfasis en el ser humano.

- Si Pepín, esa es la verdad – afirmó Juvenal - el hombre no puede ser cambiado con leyes, si de otro lado esas mismas leyes lo motivan a ser egoísta e indiferente con el dolor ajeno. El hombre tiene que cambiar en su interior. El problema del hombre está más dentro de él que en la sociedad. Por eso, en mi gestión voy a trabajar muchísimo en la formación de un "nuevo ciudadano". Les voy a inculcar a las nuevas generaciones la generosidad, la solidaridad, la honestidad, el espíritu de justicia y sobre todo les voy a inculcar que lo fundamental es el derecho a la vida por sobre todas las cosas, inclusive sobre la libertad. El derecho a la vida del hombre es lo supremo, porque es el derecho a la libertad de vivir. Voy a tratar que en las escuelas no solo se instruya, sino se eduque al nuevo hombre, con principios sólidos que permitan una sociedad más solidaria y no solo prepararlo para competir fieramente como ahora lo hacemos.

- Así es Juvenal, a eso es a lo que quería arribar. De alguna manera haz tu gobierno más espiritual y menos material. Creo que con esa apetencia de la humanidad por modernizarse, propio del capitalismo libertino, lo único que se logra es hacer más materialista al hombre. Las empresas se preocupan por crear cada vez nuevos productos o servicios atractivos al consumidor, al final no les interesa si perjudican su salud o dañan el medio ambiente, lo importante para ellos es lograr mayores ganancias. Por eso es que estamos llegando a tal extremo que se está destruyendo el planeta, con la polución que es el primer causante del calentamiento global. Por eso es que la industria farmacéutica en todo el mundo produce medicinas que curan, pero que también tienen efectos secundarios perjudiciales. Por eso es que fabricamos vehículos preocupándonos solo de su belleza, pero tan débiles que nos matan al primer impacto o celulares que nos pueden causar cáncer al cerebro. Por eso es que producimos pizzas, hamburguesas y toda la comida chatarra, que nos hace más obesos y nos causa colesterol y diabetes. Para colmo, el materialismo de esta sociedad moderna al que tanto aspiramos, está imponiendo una conducta libertina como algo normal. El sexo y las drogas están capturando a millones de seres humanos en todo el orbe.

Así pasaron los amigos conversando horas sobre estos temas y perfilando el énfasis del futuro gobierno de Juvenal, cuyo objetivo sería no solo seguir mejorando materialmente las condiciones de vida, sino principalmente mejorar al hombre, haciéndolo más humano y más espiritual. Horas después volverían a su rutina, reunión tras reunión y así pasaron los días.

En esta época la campaña electoral ya se había iniciado en todo el país nuevamente. En la UR todos participaban en ella, directa o indirectamente, el mismo Pepín lo hacía ahora inaugurando obras y reuniéndose con la gente humilde, todas las veces que le era posible. Este día había salido de palacio en una de sus frecuentes visitas a los centros más populares de la ciudad. Ahora estaba en el "Mercado Limoncillo", el más grande y antiguo de la capital, recorriendo sus apiñados callejuelas. De repente apareció un numeroso grupo de directivos de la asociación de comerciantes del lugar, quienes alcanzaron un ramo de flores a May Lin, que acompañaba al presidente y su comitiva. Ellos le reafirmaron su compromiso de votar por el partido y por Juvenal, por supuesto. La gente rodeaba a Pepín y a su esposa, quienes gustaban de estos encuentros porque podían escuchar directamente al pueblo, sin intermediarios ni ese maquillaje que la gente del gobierno solía añadir.

Fue en ese momento que apareció intempestivamente un individuo, que en una fracción de segundo extrajo una pistola de entre su ropa y volteando hacia Pepín, apretó el gatillo tres veces disparándole a quemarropa, el líder que había estado distraído saludando a la gente, cayó de inmediato al piso totalmente ensangrentado. La policía secreta que acompañaba al presidente se quedó paralizada por la rapidez con que actuó este individuo y aunque luego se abalanzaron contra el victimario desarmándolo, esta ya era una acción tardía.

- ¡Dios mío que te han hecho! - gritó May Lin - mientras se inclinaba para tratar de socorrer a su esposo.

- ¡Hagan algo! – Gritaba la gente – en tanto Julio Sandi que había estado al lado de Pepín llamaba insistentemente por su celular, pidiendo de urgencia a los hospitales una ambulancia.

De repente un voluntario, que se identificó como médico, se aproximó para auxiliar al líder conteniendo en algo su hemorragia.

En ese momento el lugar se había convertido en un loquerío, la gente gritaba, las mujeres lloraban, los hombres quedaron muchos estupefactos y paralizados. Los efectivos de seguridad que estaban en las inmediaciones se lanzaron unos sobre el que disparó y otros para proteger a May Lin. La policía y los del partido, rápidamente hicieron un cordón humano, alrededor del presidente y May Lin que sollozando yacía inclinada, mientras su querido esposo ya casi no respiraba.

Pasarían unos minutos cuando aparecieron varias ambulancias y vehículos policiales que se abrieron paso entre la multitud como pudieron. Rápidamente llevaron a Pepín a una de las ambulancias ya casi agónico, subiendo también May Lin y Julio Sandi, el secretario personal del presidente. Ambos viajaron como pudieron al lado de la camilla, dándole ánimos a su querido líder y rezando por él.

Pepín por su lado, postrado y semiconsciente no podía hablar y su visión se hacía borrosa por instantes, parecía que ya no veía con sus ojos sino con su mente y allí todo era clarísimo. Empezó viendo su niñez y su juventud como si fuera una película. De repente pareció elevarse y contemplarse asimismo tendido en la camilla, al lado estaban May Lin sollozando y Julio muy compungido. Sintió después que una fuerza muy poderosa como un huracán, lo atraía hacia un luminoso túnel donde al fondo podía divisar que alguien lo esperaba, no podía ver sus facciones porque su imagen era difusa.

Seguidamente se encontró sentado en una inmensa sala, con alguien con quien empezó una larga platica.

- Pepín – dijo esa persona – antes que continúes tu viaje te hemos traído aquí para responder algunas de las inquietudes que siempre haz tenido en tu vida. Esto lo hacemos para que le cuentes a May Lin esta experiencia y así la ayudes a sobrellevar su vida en la tierra. Sabemos del inmenso amor que ella te tiene y el dolor que ahora siente, si no lo haces ella no resistirá la vida sin ti.

- Pero, ¿quién eres tú? – preguntó Pepín.

- Eso no interesa ahora, pero me puedes llamar Samuel.

- Esta bien Samuel – ¿acaso sabes mis interrogantes?

- Por supuesto, veamos la primera de tus inquietudes. Siempre te haz preguntado, ¿que son los seres humanos realmente?

- Buenos somos, lo digo porque yo también soy uno de ellos, somos espíritus, somos energía pura y por tanto, somos permanentes y eternos.

- Pero adoptamos una forma determinada en nuestra existencia. Así como me ves, esa es mi apariencia eterna, porque no envejecemos. En nuestra dimensión el tiempo no existe. La forma y el color de nuestra apariencia dependen del grado de evolución que tengamos. Los más hermosos y luminosos son aquellos que, por sus cualidades, se acercan más a nuestro Creador, los menos luminosos son los que por sus cualidades espirituales están más lejos del Creador.

- Pero, ¿porque entonces los humanos somos sólidos de carne y hueso? – preguntó Pepín.

- Simplemente porque eres un ser encarnado, pero tú no eres solo materia, sino tienes un espíritu y eso tiene que ver con otra de tus inquietudes, ¿a que haz venido a la tierra? – afirmó Samuel. Ahora te explico.

- En la dimensión en que existimos todos los espíritus no son perfectos ni mucho menos, el único perfecto es el Creador, todos los demás somos espíritus que estamos más o menos cerca de su perfección, inclusive hay espíritus malignos que se introducen en nuestro ámbito de vida. Ahora bien, el Creador tiene un "Plan Maestro" que consiste en lograr la perfección de todos los espíritus y en eso está empeñado por la eternidad. Para lograr ese objetivo él nos encarna y tenemos que venir a la tierra, a perfeccionarnos a mejorar nuestro espíritu.

- Por ejemplo, tu anteriormente haz estado entre nosotros, eras solo energía y no carne, pero decidiste superarte, elevar tus cualidades y para ello, tenías que venir a este mundo terrenal, es decir encarnarte y nacer como un ser humano de carne y hueso. Por supuesto una vez encarnado no tienes memoria de tu vida espiritual y la recuperas solo cuando falleces y vuelves a tu vida espiritual.

- Pero déjame que te aclare aun más esto. Para superarte no basta que te encarnes, sino lo principal es que tengas un "Plan de Vida", que los humanos llaman destino, este plan es diseñado por el creador a la medida de tus necesidades. Dicho plan dirá si tienes que vivir en pobreza para que aprendas a ser humilde, a soportar las calamidades con paciencia o a esforzarte con voluntad férrea. Pero tu plan o destino puede darte también un rol opuesto, de lujo y bienestar en la tierra para que aprendas a ser moderado, a compartir con otros lo que tienes, a ser generoso y no egoísta.

- Ahora bien, una vez que estas en la tierra tienes libre albedrío de cumplir o no tu plan, de superarte o de rebelarte y empeorar espiritualmente. Inclusive puedes cambiarlo, tienes libre albedrio, tu destino no es algo rígido, sino puede ser alterado por tu propia decisión.

- O sea – preguntó Pepín - ¿venimos a la tierra como a una escuela a tomar lecciones y aprender, si así lo queremos?

- Así es, solo que en este caso las lecciones son de vida, te pueden tomar un corto tiempo o toda tu existencia aquí, te pueden causar mucho dolor o mucho gozo. Se viene a la tierra para perfeccionar la existencia eterna de nuestro ser o también ayudar a otros a perfeccionarse.

- A ver, ¿cómo es eso?

- Bueno, muchas veces hay otro ser - prosiguió Samuel explicando - que aprecias mucho, que ya tiene su plan y tú pides venir a la tierra para ayudarlo y contribuir en su perfeccionamiento. Puede que vengas como su esposo, su amigo o quizás como su enemigo, todo depende del plan de ambos, que por supuesto tienen que estar coordinados para lograr el objetivo final.

- Por ejemplo, supongamos un ser muy egoísta y a quien muy poco le interesan los demás, defecto que tiene que superar. Entonces él vendrá a la tierra para corregirse, para ello se le concederá una familia y un único hijo, a quien amará mucho. Tú pides ser ese hijo y tu papel será caer enfermo de un mal incurable, desde muy pequeño. Según tu plan sufrirás por años antes de morir y con ello, con tu sacrificio, lograrás romper el egoísmo del padre y su indiferencia frente al sufrimiento ajeno. Tu paso por la tierra dejará una huella profunda y desgarrará espiritualmente a tu padre, porque él te ama. Precisamente tu sufrimiento logrará cambiar drásticamente su modo de ser, al punto que dedicará el resto de su vida a cuidar a otros niños con males incurables. Así habrás logrado ayudarlo en su propósito de superación espiritual.

- Pero, ¿será tanto mi aprecio por ese ser que tendré que someterme a un largo periodo de sufrimiento? – preguntó Pepín.

- Claro que sí, ese era tu papel, al que te comprometiste voluntariamente. Además, recuerda que tu existencia terrenal es solo algunas decenas de años, quizás ochenta o noventa, pero eso no es nada comparado con tu existencia espiritual que es infinita y eterna. De tal modo que cuando decidiste venir a sufrir, ya sabías de antemano que tu vida terrena aunque en ella sufrirías por años desde nacer hasta morir, sería solo un instante comparado con tu vida espiritual.

- Increíble – dijo Pepín mostrando todo su asombro - solo así se explica por qué unos sufren desde que nacen hasta que mueren, mientras otros viven en la opulencia y el gozo, toda su vida.

- Exacto, por eso decimos que todo es perfecto en el universo - afirmó Samuel - aquí en la tierra también, aun cuando hay gente que padece mucho durante toda su vida, eso es parte de su proceso de perfeccionamiento espiritual. El sufrimiento es necesario tanto como el gozo, para los fines de la superación espiritual. Sin ello, la creación no sería perfecta.

- Lo malo, lo feo, el sufrir, todo lo negativo es parte de la creación perfecta, así lo quiere y lo necesita Dios para cumplir su "Plan Maestro".

- En los últimos años yo llegué a la misma conclusión, aunque no estaba seguro – reafirmó Pepín y luego agregó.

- Pero entonces, yo que he dedicado toda mi vida a terminar con la pobreza en mi país, ¿ha sido esto tiempo y esfuerzo perdido?

¿Entonces para que preocuparse por cambiar las cosas, si el sufrimiento es necesario?

- No Pepín. Lo que debes entender es que en la tierra hay que cambiar las cosas, pero más que con leyes hay que cambiar al hombre. Hay que hacer un hombre cada vez mejor, más humano, más solidario, más justo, más espiritual. Si el hombre no cambia, si no se hace más compasivo, más fraterno y más solidario, quizás no interese mucho si se vive en el capitalismo o socialismo, porque muy poco se logrará con ello. Por eso no basta ir a misa cada domingo, lo importante es ser un buen ser humano todos los días, que para hablar con Dios no necesitas intermediarios, lo puedes hacer directamente. Lo importante es educar al ser humano desde criatura, con valores y principios básicos y aplicarlos en la vida diaria.

- Si en la tierra el hombre se esforzara por cambiar su mentalidad, abandonando tanto materialismo y simplemente tratando de convivir en paz con su prójimo, ese cambio sería mil veces más útil que todas las leyes que el hombre ha creado hasta ahora y realmente ayudaría al Creador, en el logro de su Plan Maestro – afirmó Samuel.

- Pepin, lo que tu haz hecho en tu vida estaba en tu plan – prosiguió Samuel – ese era tu destino y ello ha contribuido a mejorar las cualidades espirituales de mucha gente. Por ejemplo, ha mejorado a Juvenal que siendo algo convenido y envidioso al principio, luego se transformó en un hombre completamente veraz, honesto, generoso y desinteresado. No observaste como trabajó a tu regreso al país para que seas elegido presidente, eso no lo hubiese hecho antes. Hildebrando es también un claro ejemplo de arrepentimiento, siendo casi toda su vida un ser rencoroso y perverso, en su vejez cambió radicalmente para transformarse en un hombre desprendido que salvó a su hijo, honesto que acusó a los corruptos y humilde y resignado que aceptó su castigo. Rubianes es otro ejemplo, a pesar de haberte incriminado en la muerte de Fernando Almenara a la hora de su propia muerte, confesó todo y así te ayudó a esclarecer tu situación, porque de lo contrario, hubieses quedado como el autor intelectual de dos muertes. May Lin, por su lado, se elevó a niveles espirituales superiores, pues dedicó gran parte de su vida a darte apoyo en cuanto podía. Tu mismo, al acabar con la pobreza que agobiaba a millones de seres humanos en tu país, mejoraste grandemente la calidad espiritual de muchos de ellos, que aprendieron a ser solidarios y pensar en los demás. Al dedicarte a velar por los más pobres y no solo por tu bienestar individual, fortaleciste tu amor por tu prójimo y eso elevó tu espíritu a niveles superiores.

- ¿Y qué pasó con Amadeo?, que toda su vida fue perverso e hipócrita – inquirió Pepín.

- Mira, eso no es cierto. Amadeo no es un espíritu perverso, por el contrario es generoso y sacrificado. En nuestro mundo espiritual la mayoría no quiere encarnarse para hacer el papel de malo, pero él lo ha hecho varias veces para otros espíritus.

En tu caso también fue lo mismo, nadie quería hacer el papel de asesino tuyo, pero el que te disparó fue Amadeo, él se ofreció voluntariamente en efectuar esta ingrata tarea y ahora tendrá que sufrir los rigores de responder por tu muerte. Ese fue el papel que le tocó hacer al encarnarse y antes de venir a la tierra me confesó que la idea nunca le gustó, pero lo hizo para ayudarte a cumplir tu "Plan de Vida" y por supuesto, al hacerlo mejoraba también su nivel espiritual.

- ¡ El que me disparó fue Amadeo, no lo puedo creer! – casi gritó Pepín.

- Si, justo hace unos días escapó de prisión, tenía que venir a cumplir su destino y ayudarte a cumplir el tuyo. Ahora mismo lo han capturado y allí se lo llevan detenido.

- Ahora veras el futuro que le espera.

De inmediato Pepín comenzó a ver como en una pantalla de televisión el futuro de Amadeo, el cual fue enjuiciado y sentenciado a 30 años de cárcel. Luego lo vio como lo encarcelaban en una de las peores prisiones del país junto a criminales y reos avezados. Allí desde el inicio fue golpeado y violado sexualmente múltiples veces. Amadeo vivió por años en esa prisión casi solitario, no tenía amigos. Los años de su encierro deterioraron mucho su semblante, se le veía viejo y acabado. Al cabo de quince años en prisión contrajo un cáncer estomacal y apenas si duró seis meses, desde que le detectaron esta terrible enfermedad que al final lo llevó a la tumba. Murió solo y desamparado y lo tuvieron que enterrar en una fosa común, acabando así su vida.

- Después de contemplar tan triste futuro, Pepín sintió una pena muy grande por ese ser, porque al fin de cuentas disparándole solo estaba cumpliendo su "Plan de Vida".

- El futuro de Amadeo que acabas de ver lo elevó a niveles superiores, porque al final él se sintió muy arrepentido de todo lo malo que hizo en su vida. Antes de morir pidió a Dios perdón por todo, inclusive te pidió perdón a ti.

- Pero al margen de los seres que piden encarnarse y tienen que hacer el papel de perversos, maleantes, traidores, asesinos etc., porque ese es su "Plan de Vida" para elevarse espiritualmente, hay otros que en la tierra son tan perversos o más que estos. Estos últimos son en realidad seres encarnados por la maldad y eso es lo que complica la realidad en este mundo, porque hay quienes hacen el papel de malos pero no lo son y quienes haciendo ese papel son en verdad espíritus negativos.

- Ahora bien, en la existencia eterna igual que aquí, el bien y el mal coexisten, ahora mismo están en una lucha constante. Sin embargo, la bondad de Dios es tan infinita que aun los espíritus perversos tienen libre albedrío de arrepentirse, pedir el perdón divino e integrarse al lado bueno de la existencia.

- Ahora te explicaré algo que parece que se sale del contexto de lo que estamos hablando pero luego veras que no, pero te lo digo por si algún ápice de duda te queda, respecto a la perfeccion de este mundo.

- Dime Samuel.

- Si los humanos se ponen a pensar, notarán que por un lado existe el universo de lo infinitamente grande el cosmos y de otro, lo infinitamente pequeño. Cuando contemplas el cielo quedas absorto por su inconmensurable tamaño, pero realmente ni siquiera te puedes imaginar cuan inmenso es, solo piensa que las magnitudes para medirlo son muy difíciles de concebir, esto es privilegio solo de los científicos. Pero, ¿de que está formado ese universo de macro magnitudes?, simplemente de las partículas tan pequeñas llamadas átomos y sus innumerables componentes, que muchos de ellos no lo podemos ver, ni siquiera con los instrumentos más refinados y modernos. Los grandes físicos para estudiarlos solo ven el rastro que estas partículas dejan en sus experimentos y teorizan en base a ello.

- Entonces el macrocosmos y el microcosmos, son ambos infinitamente grande uno e infinitamente pequeño el otro, pero ambos se integran y forman parte de la creación — interrumpió Pepín.

- Así es.

- En el universo hay miles de galaxias que son conjuntos de sistemas planetarios así como el sistema solar — prosiguió Samuel - compuestos de astros, estrellas, otros cuerpos celestes y polvo cósmico. Estas galaxias giran y se mueven y en su interior, sus componentes también giran y se mueven. El hombre si bien ha progresado en el conocimiento del macrocosmos, existen muchísimas incógnitas todavía y quizás nunca las entienda todas. Asimismo, en el mundo de lo pequeño además del átomo existen los electrones, los neutrones y muchísimas otros cuerpos infinitamente pequeños, que se han descubierto y se seguirán descubriendo, que tampoco quizás el hombre nunca los comprenda totalmente. En ambos mundos por su complejidad pareciera que predomina el caos pero no, ambos funcionan, rotan, se mueven se interactúan y existen sin destruirse mutuamente.

- En el balance final lo que queda claro es muy simple. Si en el macrocosmos o sea en el universo infinito, todo es perfección lo mismo ocurre en el microcosmos o sea en el universo de lo infinitamente pequeño. Entonces, ¿porqué creer que en la tierra la existencia humana es imperfecta? ¿Acaso porque vemos que millones de seres humanos sufren desde que nacen hasta que mueren? ¿No te parece que ese sufrimiento es mantenido así, porque es necesario para los planes del Creador? De lo contrario tendríamos un absurdo, la tierra una parte tan diminuta de toda la creación, sería una isla de imperfección en todo el universo. Definitivamente la respuesta lógica es que aquí también todo es perfecto y a pesar de lo malo que haz visto en tu vida, todo ello es parte de la perfección universal.

- ¿Comprendes ahora porque decimos que todo en la creación es perfecto, aun aquí en la tierra?

- Si, ahora lo entiendo – contestó Pepín.

De repente Samuel se puso de pie y dijo, mira Pepín ya es hora de irnos, tu plan ha llegado a su fin, has cumplido integralmente con él y ya te esperan al final del túnel.

Pepín que había llegado al hospital y estaba en emergencia con los médicos tratando de revivirlo, desgraciadamente ya expiraba. Por un instante levantó la mirada hacia May Lin, que estaba a su lado y apenas se le escuchó susurrar - Mayi — como le decía de cariño — me voy, cuida a nuestros hijos y trata de ser feliz, recuerda siempre estaré cerca de ti y los niños. le hablaré pronto. Luego dio su último suspiro y cerró los ojos para siempre.

May Lin se desgarró en un profundo y sentido llanto, mientras apretaba la mano ya insensible de su amado. Que pena tan grande le embargaba, la repentina partida del compañero de su vida, aun joven y con muchos proyectos en mente. Todo esto le parecía una terrible pesadilla.

Pero lo peor, había quedado confundida con la última frase de Pepín, "te hablaré pronto", ¿como podía hablarle si ya falleció?, ¿es que ella también iba a fallecer? Estaba tan confundida.

Esa noche fue interminable para May Lin y sus amigos. Después de dejar a Pepín en la morgue, se retiraron cabizbajos conversando sobre el amigo que se fue, rememorando los recuerdos de los años idos y meditando sobre lo que ahora debían hacer.

- Juvenal — dijo Julio Sandi - tenemos que reunirnos en comité ejecutivo lo antes posible.

- Si lo haremos, pero ahora me siento tan mal que no se qué pensar.

- Creo que haremos el entierro el sábado, la gente de la casa de gobierno hará todos los preparativos y luego marcharemos de allí a la plaza mayor para una gran manifestación - afirmó Juvenal — Pepín siempre fue un hombre de multitudes y creo que donde se halle, estará feliz de irse de este mundo en olor a multitud.

Así se marcharon cada uno hacia sus domicilios. Esa noche May Lin tuvo un hermoso sueño en que ella y Pepín jugueteaban en una pradera preciosa, cubierta de flores rojas y rosadas por doquier, que parecían de cristal iluminadas interiormente. Luego se sentaron a la sombra de un frondoso árbol, que curiosamente tenía toda clase de frutas, se veían manzanas, peras, racimos de uvas, chirimoyas, hasta bananas. El césped donde estaban, parecía una enorme y tupida alfombra amarilla y naranja de diferentes tonos, que se extendía a lo lejos perdiéndose en una colina. Revoloteaban alrededor de ellos hermosas mariposas y libélulas que encendidas parecían diminutas linternas, cuando la tarde ya empezaba a caer para dar paso a un hermoso crepúsculo que se adueñaba del horizonte.

- Mayi te he traído al "Valle Dorado" – le dijo Pepín – este es el lugar donde ahora me encuentro y quería que lo conozcas y veas que estoy bien y soy feliz. Claro que los extraño mucho a ti y a mis hijos y quisiera tenerlos cerca.

- Sabrás, "La Verdad" me ha sido revelada antes de abandonar la tierra y quiero que tú conozcas por lo menos parte de ella – agregó Pepin – mientras comenzó a explicarle.

- La vida que tenemos en la tierra es solo un momento muy corto de nuestra existencia. Nuestra verdadera existencia es espiritual y eterna. Llegamos al mundo como espíritus encarnados con una misión que cumplir llamada nuestro "Plan de Vida", pero el tiempo que pasamos en ella es cortísimo comparado con nuestra vida espiritual. Hacemos esto por nuestra propia voluntad, para alcanzar niveles superiores en la dimensión, donde realmente vivimos por la eternidad.

- Por eso no te preocupes por mi Mayi. Yo no he dejado de existir, solo he terminado el papel que tenía que cumplir en la tierra. La muerte es solo el paso del mundo terrenal al mundo donde realmente vivimos y significa por tanto, que nuestra misión ha terminado. Tu y mis hijos todavía tienen que vivir encarnados, tienen que cumplir su misión, tienen que cumplir su "plan de Vida", así como yo lo he hecho.

- Por eso te pido, trata de ser feliz y cumple tu destino, recuerda nada de lo que te pase podrá estropear tu "Plan de Vida", si realmente lo quieres cumplir.

Así Pepín siguió explicando a May Lin lo que le habían revelado, mientras caminaban por ratos y luego se desplazaban por el aire como si sus cuerpos fueran impulsados hacia adelante por alguna fuerza invisible. Cuando llegaron a la cima de la colina contemplaron al otro lado, un hermoso poblado lleno de casas como las de la tierra pero con tejas multicolores y calles angostas, que hacían recordar a las calles de cualquier pequeño poblado provinciano. A lo lejos se veía gente caminando o simplemente trasladándose por el aire como ellos. Aquí no se veían vehículos motorizados, ni trenes, ni aviones, ni barcos, nada de lo que la llamada civilización nos ofrece.

May Lin contemplaba todo con ojos de inmensa curiosidad y le parecía un paisaje realmente encantador. Ese paisaje tan precioso le demostraba que la belleza puede estar en lo simple, que no era necesario la llamada modernidad para construirla artificialmente, porque la naturaleza nos brinda todo lo que requerimos, si tan solo quisiéramos verla y sentirla.

- Pero Pepín - le dijo ella de pronto — ¿como voy a vivir sin ti?, me siento tan sola.

- Querida Mayi, para eso te he traído, cada vez que te sientas triste y me extrañes recuerda estas praderas, recuerda este paisaje, este es el mundo al que vendrás después, cuando cumplas tu misión.

- ¡Ah!, Mayi, no te olvides de tu meditación todos los días, eso te traerá mucha paz espiritual y te ayudará a conservar una buena salud. Tampoco te olvides, lo que siempre te enseñé, ten mucha fe en todo lo que quieras hacer en tu vida, visualízalo imagínalo y lo lograrás y enseña esto a nuestros hijos.

- Bien, ahora me tengo que ir, adiós Mayi, siempre estaré muy cerca de ti y de nuestros hijos.

De repente el ruido de un despertador borró todas esas imágenes y la despertó. Por un momento se quedó pensativa recordando su sueño y su semblante se iluminaba de una alegría y paz interna, como cuando paseaba alegremente con Pepín en el "Valle Dorado".

Ese día todos los diarios daban cuenta del atentado, sugiriendo que la guardia de seguridad presidencial tenía la culpa por no haber brindado la adecuada protección al presidente de la república, especialmente en un lugar tan populoso. Algunos diarios ya calificaban a Pepín como "el hombre que refundó la república", el "líder histórico más grande del país" o "el constructor de la patria del mañana".

El día sábado bajo un sol hermoso y un cielo azul añil, se llevó a cabo el entierro. Tal parecía que toda la ciudad estaba presente en las exequias de este brillante político. La avenida por donde el cortejo fúnebre se dirigía al cementerio, estaba llena completamente de gente de toda condición social, avanzaban en carros lentamente o a pie, acompañándolo hasta su última morada. Se calculaba que desfilaron más de cien mil personas, paralizando el tránsito completamente. A la cabeza de la multitud estaban May Lin, Romaña y Juvenal, que ahora como vice-presidente subía a la jefatura de Estado, Julio Sandi, Rosita, Chapi, Katiuska, Miguel Angel y en general, toda la plana mayor del partido. Luego seguirían los ministros de Estado, los miembros de las cámaras de diputados y senadores, alcaldes y demás funcionarios públicos, familiares, amigos y el pueblo en general, que sentía este entierro como de alguien de su propia familia.

Los líderes de la nueva alianza electoral que era la oposición y que competían con Juvenal en las próximas elecciones, también se habían plegado a la marcha, lo mismo organizaciones laborales, estudiantiles, deportivas etc., todos condenando ácidamente la muerte del joven líder político.

En el cementerio hubo discursos y oraciones. May Lin no habló, esta vez su silencio era elocuente, en todo caso todos sabían de su gran amor por el difunto, por ello las palabras sobraban, el corazón era el que manifestaba sus sentimientos.

Ya en el ocaso de la tarde, cuando en el horizonte se pintaba un resplandor naranja, mientras el sol como una inmensa esfera incandescente descendía para ocultarse entre los cerros aledaños, llegaba también a su término el sepelio. Luego los líderes y la muchedumbre se encaminarían desde allí hacia la plaza central.

Eran ya casi las ocho de la noche, hora programada para la gran manifestación. La gente había venido de todos los extremos de la ciudad y llenaban totalmente el lugar, se calculó casi doscientos mil personas allí reunidas, la manifestación más grande de todos los tiempos. Este era realmente un mitin multitudinario, histórico, como jamás se había producido. Estaban todos los que apoyaban a Juvenal y aun muchos de la pequeña oposición y gente sin partido, que llegaron como una protesta por la muerte del gran líder. Inclusive se veía a numerosos adeptos del ARE con algunos de sus nuevos líderes.

Casi al final de esta apoteósica manifestación, cuando ya Juvenal terminaba su discurso como el último orador, se cortó intempestivamente la corriente eléctrica, se apagaron todas las luces, inclusive el alumbrado público y solo quedó la luz que alumbraba al orador y al micrófono, Juvenal, quedó también sorprendido, pero reaccionando de inmediato pidió a la gente calma, para evitar cualquier ataque de terror. Casi un minuto después volvió la luz.

La gente contempló este insólito suceso y en la mente de todos se impregnó la idea que fue Pepín, el que venía a despedirse de su última manifestación y así había enviado una señal que allí estaba, con su gente que tanto amó en vida, para al final perderse en el horizonte infinito.

PEDRO MÁRQUEZ, Master en Economía de la Universidad de Minnesota y autor de tres libros sobre asuntos económicos, regresa ahora con algo totalmente inesperado, una novela, la cual es realmente una hermosa tragedia. Lo es, porque la suerte del héroe principal no le deja al lector el sabor amargo de ver su final, sino la sensación que el héroe trasciende este mundo terrenal hacia una vida totalmente feliz.

No cabe duda que sus escritos anteriores dejaron una profunda huella en el autor, la que ahora vuelca en la historia ficticia de Pepín. El típico universitario latinoamericano de los años cincuenta y sesenta, preocupado por los marginados, disconforme con el statu-quo y ansioso de cambios profundos y por ello, muy activo politicamente.

Se percibe una gran evolución en el pensamiento de Márquez. De una preocupación por la problemática del hombre puramente materialista, ahora surge con una concepción social, moral y diríamos espiritual. Así Pepin le dice a su esposa May Lin:

"Llegamos al mundo como seres encarnados, con una misión que cumplir, llamada nuestro Plan de Vida, pero el tiempo que pasamos en ello es cortísimo comparado con nuestra vida espiritual".

Esta misión cuyo objetivo sería lograr nuestra superación espiritual, es nuestra responsabilidad cumplirla o no, depende de nosotros. Esto se desprende del siguiente párrafo:

"Una vez en la tierra tienes libre albedrío de cumplir o no tu Plan de Vida, de superarte o rebelarte y empeorar espiritualmente, tu destino no es rígido, sino puede ser alterado por tu propia decisión".